Deseo™

Enemigos... y amantes

Laura Wright

Editado por HARLEQUIN IBÉRICA, S.A.
Núñez de Balboa, 56
28001 Madrid

ENEMIGOS... Y AMANTES, N.º 1597 - 9.7.08
Título original: Playboy's Ruthless Payback
Publicada originalmente por Silhouette® Books

I.S.B.N.: 978-84-671-6352-0
Depósito legal: B-24503-2008
Editor responsable: Luis Pugni
Preimpresión y fotomecánica: M.T. Color & Diseño, S.L.
C/. Colquide, 6 portal 2 - 3º H. 28230 Las Rozas (Madrid)
Impresión y encuadernación: LITOGRAFÍA ROSÉS, S.A.
C/. Energía, 11. 08850 Gavá (Barcelona)
Fecha impresion para Argentina: 5.1.09
Distribuidor exclusivo para España: LOGISTA
Distribuidor para México: CODIPLYRSA
Distribuidores para Argentina: interior, BERTRAN, S.A.C. Vélez Sársfield, 1950. Cap. Fed./ Buenos Aires y Gran Buenos Aires, VACCARO SÁNCHEZ y Cía, S.A.
Distribuidor para Chile: DISTRIBUIDORA ALFA, S.A.

Capítulo Uno

–El senador Fisher está en la línea dos, Derek Mead sigue esperando en la línea tres y Owen Winston en la cuatro.

Mac Valentine se echó hacia atrás en el sillón. Su ayudante ejecutiva, Claire, estaba en la puerta del moderno despacho con un gesto impaciente en su rostro de abuelita. Llevaba ocho años con él y era algo así como una voyeur en lo que se refería a su trabajo. Especialmente disfrutaba de momentos como aquél, cuando estaba a punto de cargarse a alguien. Lo creía un hombre despiadado y en más de una ocasión se había referido a él como «un demonio de pelo y ojos negros» que exigía lo mejor de sí mismos a cada uno de sus treinta y cinco empleados.

Mac sonrió. Claire tenía razón.

Lo único que olvidaba mencionar era que si alguno de esos empleados no cumplía las expectativas, si no daba el cien por cien para conseguir que MCV Corp. se convirtiera en la firma de inversiones más importante no sólo de Minneapolis sino de todo el medio Oeste, era despedido de inmediato.

Tras los cristales de sus gafas, los ojos de Claire

brillaban como los de una niña esperando el postre.

–El señor Winston dice que lo ha llamado usted.

Mac miró su agenda electrónica.

–Dile al congresista y a Mead que los llamaré más tarde.

–Muy bien.

–Y cierra la puerta antes de irte. Hoy no es día de colegio.

–Por supuesto, señor Valentine –Claire salió del despacho sin disimular su disgusto.

Mac levantó el auricular y pulsó el botón del altavoz.

–Dime, Owen.

–Llevo una hora esperando. ¿Se puede saber qué querías?

Mac, satisfecho al notar cierto temblor en la voz de su rival, giró el sillón hacia la ventana para admirar el paisaje de Minneapolis.

–No voy a perder mi tiempo preguntando por qué has hecho lo que has hecho.

–¿Perdona?

–Ni voy a obligarte a admitirlo –siguió Mac–. Que alguien intente arruinar la reputación de una empresa de la competencia es algo habitual. Es habitual... en los viejos. Os cansáis, dejáis de progresar y el cliente se aburre.

Mac casi podía ver el rostro de Owen rojo de rabia.

–No sabes lo que estás diciendo, Valentine.

–No lo podéis evitar. Veis a los jóvenes con la cabeza más fría, con más conocimientos y empezáis a preocuparos de que no os tomen en serio. Cuando os dais cuenta de que es sólo una cuestión de tiempo tener que cerrar el negocio, os morís de miedo –Mac se inclinó hacia delante–. Te has asustado, Owen.

–Eso es absurdo. Estás diciendo tonterías.

Mac Valentine continuó como si no lo hubiera oído:

–Un hombre de negocios respetable reconocería sus limitaciones y se retiraría... para jugar al golf por las mañanas y echarse la siesta por las tardes.

–¿Un hombre de negocios respetable, Valentine? –Owen rió amargamente–. Un hombre de negocios respetable no le daría trato preferente ni información confidencial a ciertos clientes privilegiados. Un hombre de negocios respetable no daría esa información basándose en las piernas o los pechos de un cliente.

Era la acusación de un hombre desesperado, basura, pero los rumores se extendían como la peste.

–Estoy a punto de demandarte, Winston.

–Esa mente tuya tan rápida no permitirá que mis comentarios salgan a la luz en un tribunal. Sería un proceso largo, agotador. Y tu reputación se resentiría aún más.

Mac tardó unos segundos en responder. Lo había invadido una extraña calma, como el cielo ennegreciéndose antes de una tormenta.

–Eso es verdad. Quizá los recursos legales no serían lo mejor para lidiar contigo.

–Eres un hombre listo. Pero es tarde y tengo...

–No, supongo que lo mejor será buscar otra manera de hacerte pagar por lo que has hecho –Mac se levantó de su sillón.

–Son más de las ocho, Valentine –dijo Owen–. Tengo planes para cenar.

–Sí, claro, ve a casa a cenar con tu familia –Mac abrió la puerta del despacho y le hizo un gesto a Claire que ella conocía bien–. Con esa hija tuya... ¿cómo se llama? ¿Allison? ¿Olive?

Owen no contestó.

–Ah, no, espera –Mac levantó una ceja mientras Claire giraba la pantalla del ordenador hacia él–. Olivia. Precioso nombre. Precioso nombre para una chica preciosa, me han dicho. Tu hija tiene fama de ser una buena chica. Encantadora, educada, dulce, quiere a su papá y nunca ha provocado un escándalo. Sería interesante averiguar lo fácil o lo difícil que sería cambiar eso.

Claire levantó la mirada, su expresión una mezcla de respeto, curiosidad y horror.

–No te acerques a mi hija, Valentine –el una vez orgulloso Owen Winston sonaba como un cachorrillo asustado.

–Yo no soy un hombre religioso, Owen, pero creo que la frase «ojo por ojo, diente por diente» es la más apropiada en este momento. Puede que yo sea un tipo arrogante y egoísta, pero no soy un estafador. Me entrego a mis clientes al cine por cien, sean hombres o mujeres. Y tú has ido demasiado lejos.

Después de eso, Mac cortó la comunicación y se acercó a la ventana. El cielo gris cubierto de nubarrones hacía juego con su humor.

–Es la propietaria de Sin Alianza –lo informó Claire.

Él no se volvió.

–¿De qué me suena ese nombre?

–*Minneapolis Magazine* publicó un artículo sobre la empresa el mes pasado. Tres mujeres, una chef, una decoradora y una organizadora de eventos, las tres con una cabeza estupenda, se han unido para levantar…

–Una empresa para hombres que necesitan la ayuda y la experiencia de una esposa –terminó Mac la frase por ella–. Pero no la tienen.

–Eso es.

Mac Valentine se volvió, sonriendo a su ayudante.

–Perfecto. Pide una cita con Olivia Winston para esta semana. Tengo la impresión de que voy a necesitar sus servicios.

–¿Ha leído el artículo, señor Valentine?

–No me acuerdo bien… pero probablemente le eché un vistazo.

–Son tres profesionales respetadas en la comunidad. Y no quieren saber nada de confraternizar con los clientes.

Mac sonrió para sí mismo.

–Consígueme esa cita para mañana por la mañana. A primera hora.

Apretando los labios, su ayudante asintió con la cabeza.

Mac volvió a su escritorio y revisó la carpeta de clientes que habían roto relaciones con su empresa desde que aparecieron las mentiras de Owen Winston dos días antes. A saber si volverían a requerir sus servicios o si sus relaciones estaban muertas para siempre…

Habría querido estrangular a aquel canalla, pero la violencia no era lo suyo. No, tendría que ser ojo por ojo y diente por diente. Owen le había robado clientes y él le robaría a su hija.

Respetada o no, la niña de Owen Winston iba a pagar por las pérdidas económicas de MCV y por la estupidez de su padre.

Capítulo Dos

Olivia cerró los ojos, inhalando profundamente.

–Soy un genio…

–¿Cuánto tiempo nos vas a hacer esperar, Liv? –le preguntó Tess, llevándose una mano al estómago–. Esta mañana me he saltado el desayuno.

Sentada a la mesa, Mary Kelley miró el estómago plano de la pelirroja con el ceño fruncido.

–Suena como si un tren estuviera descarrilando ahí dentro. Muy femenino.

–Por favor, que estoy muerta de hambre –rió Tess, señalando el enorme diamante amarillo que su rubia socia llevaba en el dedo–. No todas tenemos un hombre que nos traiga huevos revueltos con beicon a la oficina.

Sonriendo, Mary se tocó el abultado abdomen, sus ojos azules brillando de felicidad.

–Ethan está muy preocupado por dar de comer a su hijo. Si no como algo cada dos horas se pone de los nervios.

–Por favor… qué pegajoso.

–Venga ya. Algún día cambiarás de opinión. Te lo garantizo.

–Lo dudo. A mí me gusta estar sola.

–Pues entonces habrá que obligarte a salir más –los ojos de Mary se iluminaron–. A lo mejor conoces a alguien durante mi fiesta de compromiso. Ethan tiene algunos amigos muy guapos.

–No, gracias.

–A lo mejor conoces al hombre de tu vida.

Tess sacudió la cabeza.

–No creo que exista el hombre de mi vida. Pero un camión lleno de tipos que no son para nada los hombres de mi vida... eso no estaría mal.

Mary se sirvió un vaso de leche.

–Con veinticinco años no deberías ser tan cínica. ¿Con cuántos has salido ya?

–Con los suficientes como para saber que no existe el hombre de mi vida –contestó Tess, antes de volverse hacia Olivia–. Tú y yo tenemos suerte de haber escapado por el momento, ¿verdad, Liv?

–Sí, mucha suerte –asintió ella, mientras tomaba una galleta de chocolate recién sacada del horno. Olivia no quería pensar en la envidia que había sentido aquella mañana al ver la ternura en los ojos de Ethan cuando se despidió de su mujer. Parecía tan feliz, tan enamorado, tan contento porque iba a tener un hijo...

Estaba encantada por su amiga, pero se preguntaba si algún día podría ella encontrar esa clase de felicidad. En el fondo de su corazón quería un hombre... alguien a quien amar, con quien formar una familia. Pero tenía la impresión de que ella no iba a ser tan afortunada.

Aunque ya era una mujer adulta, en muchos sentidos seguía siendo la depresiva adolescente de dieciséis años que, tras perder a su madre debido a un cáncer, no podía hacer que su padre le prestase atención y escapaba del dolor de la forma más absurda posible: fiestas, chicos y sexo.

La vergüenza de lo que había hecho, y con cuántos chicos lo había hecho, no había dejado de perseguirla en los últimos diez años, pero en ese tiempo se había hecho extraordinariamente dura. Y también juiciosa. En aquel momento su reputación era pura como la nieve. Era una mujer de negocios que mantenía bien escondidos los secretos del pasado.

–Muy bien –dijo por fin, tomando dos galletas de chocolate–. Así tendréis la boca ocupada.

–Creo que acaba de decir que nos callemos –sonrió Tess.

Mary tomó su galleta, suspirando.

–Pero nos lo ha dicho de una forma muy agradable.

–Cierto –asintió la pelirroja–. Y por otra de éstas no sólo dejaré de hablar de hablar. Si me lo pide, hasta hago el pino.

–Antes de hacerlo –oyeron entonces una voz masculina– debe saber que hay público.

Mary y Tess se volvieron y Olivia levantó la cabeza. En el quicio de la puerta, con una expresión entre cínica y divertida, había un hombre con los ojos de color café. Era alto, de hombros anchos e iba impecablemente vestido con un traje gris y un abrigo negro de lana. Olivia se encontró apretando los puños porque, de repente, había sentido el irresistible deseo de agarrarlo por la solapa del abrigo y besarlo hasta que se quedase sin aliento.

Esa sensación era tan rara en ella que le asustó. En los últimos diez años, desde su auto impuesto exilio sexual, su cuerpo raramente la había traicionado. Sí, había habido alguna que otra noche con una novela romántica en la cama, pero además de eso, *rien de rien*.

Pero, mirando a aquel hombre, su cerebro le gritaba: «¡Cuidado!».

–¿Mac Valentine?

Él asintió con la cabeza.

–Creo que llego temprano.

–Sólo unos minutos –le aseguró ella–. Entre, por favor.

Mac Valentine entró en la cocina–despacho, caminando como un modelo en una pasarela de Milán.

–Encantada de conocerlo, señor Valentine –sonrió Mary, estrechando su mano–. Estábamos tomando el aperitivo de media mañana.

–Ya veo.

–El chocolate es fundamental en esta empresa.

–Me preguntaba qué era eso que olía tan bien mientras subía en el ascensor.

Tess puso una mano sobre el hombro de Olivia.

–Es nuestra chef. Olivia hace magia y nosotras la disfrutamos tanto como los clientes.

–¿Es así? –sonrió Mac Valentine.

Ella se encogió de hombros.

–No soy partidaria de la falsa modestia, de modo que sí, yo diría que soy una cocinera estupenda.

Olivia sintió un escalofrío por la espalda al ver un brillo burlón en los ojos de Valentine.

–Bueno, Tess y yo lo dejamos en sus más que capaces manos –sonrió Mary, levantándose–. Bienvenido a Sin Alianza, señor Valentine.

–Gracias.

Mientras Tess le robaba otra galleta antes de salir, Mac se quitó el abrigo y lo dejó sobre el respaldo de la silla.

–Por favor, siéntese. ¿Quiere una? Las he hecho yo.

–¿Tengo que hacer el pino?

–Sólo si toma más de una –contestó ella.

–Muy bien, ya veremos.

Olivia cruzó primorosamente las piernas. No sabía exactamente qué hacía aquel hombre allí, pero tenía la intuición de que iba a causar problemas, todo tipo de problemas.

–Su ayudante no me contó lo que quería cuando pidió la cita. Así que dígame.

–Necesito que convierta mi casa en un sitio acogedor, hogareño.

–¿Ahora no lo es?

–No, es... mucho espacio vacío.

–Muy bien.

–Unos clientes van a alojarse en mi casa durante un par de días y quiero que me vean como un hombre familiar en lugar de...

–¿Sí?

–Alguien que no tiene ni idea de lo que significa ser un hombre familiar.

–Entiendo –murmuró Olivia. Y lo entendía. No era la primera vez que trabajaba para un playboy millonario.

–Creo que lo mejor sería que viera usted mi casa.

Ella asintió con la cabeza, mirando la galleta que no había tocado.

–De acuerdo. Pero debe saber que lo mío es la cocina.

–Me habían dicho que llevaban la empresa entre las tres.

–Y así es, pero si lo que está buscando es un cambio de decoración, lo mejor sería que lo atendiera Tess. Ella es nuestra decoradora y…

–No –la interrumpió Mac.

–¿No?

–Quiero que lo haga usted.

–Ya veo –murmuró Olivia–. Pero verá… hay un problema.

–¿Y cuál es?

–Su relación con mi padre.

Mac apretó los labios. No había esperado eso.

–No tengo relación con su padre.

–¿Ah, no? Pues me ha llamado esta mañana para decirme que podría usted pasar por aquí.

–¿No me diga?

–Sí, le digo.

Mac la estudió un momento.

–Tiene usted fama de ser una chica encantadora, ¿lo sabía?

–¿Está intentando decir que no lo soy?

Él sonrió.

–Creo que voy a comerme esta galleta.

«Pues ya era hora», pensó ella. Tenía unas manos grandes, fuertes, masculinas... y sintió un cosquilleo en el estómago al preguntarse qué haría con esas manos para haberse ganado tal reputación de mujeriego.

Su padre le había advertido que tuviese cuidado con Mac Valentine. Pero en lugar de tener cuidado se sentía tan curiosa como una niña de dos años con un enchufe.

–¿Le gusta?

–Mucho.

–Me alegro –dijo Olivia–. Y ahora, señor Valentine, ¿por qué no me dice para qué ha venido aquí?

Capítulo Tres

Si había algo que Mac Valentine pudiera detectar a un kilómetro era un adversario que merecía la pena. Aquella chica podía medir un metro sesenta y tener los ojos de un cervatillo, pero Olivia Winston iba a ser una buena oponente.

No había imaginado que pudiera ser así.

Pero nada le gustaba más que un reto.

Al ver cómo esos ojos castaños se oscurecían, supo que esperaría todo el día su respuesta si hacía falta.

–Debido a circunstancias que no he podido controlar –empezó a decir– mi empresa ha perdido a tres de sus mejores clientes. Espero que esto cambie en un par de meses, cuando se den cuenta de que nadie en esta ciudad puede ayudarlos a ganar dinero como yo. Pero, mientras tanto, necesito su ayuda para conseguir un par de clientes nuevos.

–¿Necesita mi ayuda para reorganizar su negocio... o para limpiar su reputación?

–Veo que su padre ha hecho algo más que advertirle sobre mí –sonrió Mac. Ella ni lo confirmó ni lo negó, de modo que decidió seguir–. Mi negocio no está en peligro, pero sí, se ha cuestionado mi reputación y tengo que hacer algo para solucionarlo.

–Ya veo. Y por eso quiere que esos clientes potenciales se alojen en su casa y no en un hotel.

–Estas personas aprecian un hogar, una familia... todo eso.

–Pero usted no.

–No.

Olivia se levantó y tomó el plato que Mac Valentine tenía delante. El plato con media galleta.

–Quiero hacerle una pregunta –le dijo, acercándose al cubo de la basura.

Era pequeña, pero con curvas. Y cuando caminaba era la seducción en persona. Olivia Winston se volvió para mirarlo, con los brazos cruzados, y Mac tuvo que tragar saliva.

–Dígame.

–Usted cree que mi padre es el responsable de que haya perdido a esos clientes, ¿verdad?

–Han sido las mentiras que su padre ha ido contando por ahí lo que ha provocado que perdiera a esos clientes.

–Y si cree eso, ¿por qué querría trabajar con su hija? A menos que...

–¿A menos que qué?

Olivia dio un par de pasos adelante y se detuvo a medio metro de su silla. Si alargaba la mano para tomarla por la cintura y sentarla en sus rodillas, ¿qué haría?, se preguntó Mac.

–A menos que quiera vengarse de él –contestó

Olivia Winston, con la misma tranquilidad que si estuviera leyendo la lista de la compra.

–¿Eso es lo que le ha dicho su padre?

–Sí, aunque no tenía que hacerlo.

–¿Y cómo podría usarla a usted para vengarme de su padre?

–No lo sé –respondió Olivia, sentándose frente a él. –Pero su padre tiene otras ideas...

–Está preocupado por sus... –la joven sonrió– encantos personales. En fin, es usted un hombre muy atractivo. Pero yo le aseguré que no tenía por qué preocuparse.

–¿Ah, sí?

Ella asintió, tan tranquila.

–Le he dicho que no estaría interesada.

Mac levantó una ceja.

–¿No?

–No quiero insultarlo –rió Olivia– pero la verdad es que a mí nunca me gustaría un hombre como usted.

–¿Por qué tiene la impresión de que me siento insultado?

Esa pregunta la pilló por sorpresa.

–Pues...

–¿Y qué clase de hombre cree que soy?

–Uno que piensa que puede tener todo lo que quiere y a todas las mujeres que quiere.

Mac no era un engreído, era un hombre de palabra y de hechos, y aquella chica empezaba a enfadarlo.

–Yo trabajo mucho para conseguir lo que quiero,

señorita Winston, pero la gente que se acerca a mí lo hace por voluntad propia, se lo aseguro.

–Es usted así de irresistible.

Él se echó hacia atrás en la silla.

–¿Todos los clientes de Sin Alianza tienen que pasar por este interrogatorio?

–No es usted un cliente, señor Valentine.

–Olivia –Tess asomó la cabeza en la cocina, con expresión seria–. ¿Puedo verte un momento?

–Sí, claro. Vuelvo enseguida, señor Valentine.

–Ojalá pudiera decir que estoy deseándolo –contestó él.

–Si no puede esperar…

–Sí, claro que puedo –sonrió Mac, sacando su móvil del bolsillo–. Mientras espero haré un par de llamadas.

Aunque le dieron ganas de quitarle el móvil y aplastarlo con el tacón, Olivia asintió con una sonrisa. Una vez en el pasillo, con la puerta cerrada, se volvió hacia sus socias.

–¿Se puede saber qué estás haciendo? –le espetó Tess.

–Hablando con un posible cliente.

–Insultando a un posible cliente, querrás decir.

–Tú no entiendes la situación…

La siempre mediadora Mary intervino para calmar los ánimos.

–Sea cual sea la situación, Liv, te hemos oído

desde nuestra oficina y parecía que estabas atacándolo. ¿Nos puedes contar qué pasa?

Olivia dejó escapar un suspiro.

–No es un cliente normal. Bueno, la verdad es que no sé si va a ser un cliente en absoluto.

–Después de lo que hemos oído, no me extraña –murmuró Tess.

–Mac Valentine cree que mi padre le ha ido contando a todo el mundo que le da trato preferente y consejos a sus clientas más guapas... para robarle clientes.

–¿Tu padre ha hecho eso? –exclamó Tess.

–No lo creo. Mi padre siempre ha sido una persona muy seria. Pero la cuestión es que Mac Valentine lo cree. Cree que mi padre es el responsable de que haya perdido clientes y ahora quiere contratarme... para vengarse.

–¿Qué?

–¿Cómo? –preguntó Mary, perpleja.

–Aún no lo sé, pero pienso enterarme.

–Esto no me gusta nada –dijo Tess.

–¿Quiere algo que nosotras podamos hacer?

–Quiere que convirtamos su casa en un sitio hogareño y agradable para impresionar a unos clientes.

Mary puso una mano sobre su hombro.

–Si tú no quieres hacerlo, Tess o yo podemos...

–No, imposible. Para empezar, quiere trabajar conmigo y, además, no pienso salir corriendo como un conejillo asustado. Soy una profesional y haré el trabajo sin involucrarme personalmente para nada.

–Eso me suena –dijo Mary, llevándose una mano al abdomen.

–Si no acepto el encargo, seguro que va contando por ahí que Sin Alianza no es una empresa seria. Y eso sería fatal para nosotras.

Mary y Tess asintieron con la cabeza.

–Pero ten cuidado, ¿eh? –le advirtió Mary.

–Siempre lo tengo –Olivia volvió a la cocina y cerró la puerta, sin dejar de sonreír.

Mac estaba guardando el móvil en el bolsillo cuando se sentó frente a él con un contrato en la mano.

–Disculpe.

–¿Por dejarme solo o por los insultos?

–Mire, voy a aceptar este encargo porque soy una profesional y tengo unas socias que cuentan conmigo. Aunque debo confesarle que siento cierta curiosidad. Pero sepa una cosa, señor Valentine: póngame una mano encima y es usted hombre muerto, ¿lo entiende?

Mac la miró, divertido.

–Ya que un hombre como yo «no le interesaría nunca», supongo que no hay motivo de preocupación.

–Límites y reglas... es lo mejor para todo.

–Muy bien, lo entiendo. Y ahora, ¿podemos firmar el contrato?

Olivia se lo puso delante.

–¿Cuándo quiere que empiece?

–Los DeBold llegan a mi casa este fin de semana.

–¿La familia de los diamantes? –exclamó ella, sorprendida. Según su padre, los DeBold eran unos clientes muy difíciles de conseguir. Mac Valentine tenía talento, debía admitirlo.

–Aún no tienen hijos, pero son muy familiares. Necesito que se sientan como en su propia casa.

–Muy bien.

–Quiero comida casera, actividades familiares... necesito que me vean como una persona segura, un hombre que entiende sus necesidades y deseos para el futuro.

–Estupendo.

–Y quiero que usted se aloje en casa, con nosotros.

Olivia lo miró, esperando que su tono fuera tan frío como sus ojos:

–No.

–En una habitación en el piso de arriba, al lado de los DeBold.

–¿Y dónde estaría usted?

–Yo duermo en el piso de abajo.

Ella se levantó, impaciente.

–No, lo siento.

Pero Mac Valentine siguió como si no la hubiera oído.

–Quiero que esté usted con nosotros del desayuno a la cena.

–Llegaré por la mañana y me iré por la noche.

–Como usted quiera –murmuró él, estudiándola–. Discutiremos los detalles más tarde. Pero ahora hablemos de algo importante: este contrato que estoy a punto de firmar garantiza confidencialidad, ¿no es cierto?

–Sí, claro.

–No puede revelar nada sobre mi negocio o sobre con quién hago negocios.

–Por supuesto –contestó Olivia. Ella era leal a su padre, pero su lealtad al negocio y a sus socias era lo primero–. ¿Tiene usted un menú en mente o quiere que lo organice yo?

–Me gustaría que usted lo organizase todo.

Después de firmar el contrato y entregarle un sustancioso cheque, Mac se levantó. Aunque le sacaba dos cabezas, le llegó el aroma de su aftershave… y le molestó que un pequeño detalle como ese le turbara tanto.

–Me gustaría que viniese a mi casa mañana para ver con qué tiene que trabajar.

Olivia se apartó un poco.

–¿Le parece bien a la diez?

–¿Tiene mi dirección?

–La ha anotado usted en el contrato –contestó ella–. Y su número de teléfono también.

–Muy lista.

Mac le ofreció su mano y, por un momento, Olivia sintió el deseo de darse la vuelta y salir corriendo. Pero eso sería ridículo, de modo que la estrechó.

No hubo fuegos artificiales. En lugar de eso, ocurrió algo que le preocupó mucho más: de repente, sintió un abrumador deseo de ponerse a llorar. Era como si después de llevar diez años en una isla desierta un barco apareciese a unos kilómetros de la playa; un barco al que, sabía en su corazón, no sería capaz de llegar.

Fue ella la primera en apartar la mano.

–Hasta mañana entonces –se despidió Mac Valentine.

Olivia lo vio salir de la cocina y alejarse por el pasillo, el abrigo negro moviéndose tras él como una capa. Hacía mucho tiempo que no conocía a un hombre que la afectase de tal modo y era mala suerte que fuera precisamente un enemigo de su padre.

Afortunadamente, ella se había convertido en una experta en negarse a sí misma cualquier capricho.

Capítulo Cuatro

Mac había esperado que Olivia Winston fuese moderadamente atractiva. Después de todo, conseguir su objetivo sería más agradable si la mujer a la que tenía que seducir era agradable a la vista. Desgraciadamente, aquella chica era mucho más que atractiva... más bien increíblemente guapa.

Pero también era inteligente y apasionada. Y si tenía alguna esperanza de llevar a cabo sus planes, cada vez que la mirase tendría que recordar que su padre y él estaban en guerra. Y que su infelicidad y su permanente letra escarlata serían la justicia que buscaba.

Al salir de la autopista, Mac pisó el freno para ponerse a noventa kilómetros por hora.

Verla como una enemiga no iba a ser fácil, pensó entonces. Olivia Winston lo miraba con sus preciosos ojos de gacela, como si no pudiera decidirse entre ser amable con él o seguir el consejo de su padre y echarlo de allí a patadas...

Mac se dirigió a la zona de los restaurantes. Pero, al ver la fila de coches esperando delante del Martini Two Olives, decidió aparcar en la calle. Unos cuantos copos de nieve empezaron a caer sobre el parabrisas mientras saludaba con la mano a una rubia que lo esperaba en la puerta del restaurante.

–Hola, Avery.

–Bueno, Mac Valentine, hacía siglos que no te veía –sonrió ella, besándolo en la mejilla.

Se sentaron a una mesa cerca de la barra y pidieron una copa.

–¿Cómo está Tim? ¿Sigues enamorada?

Avery se puso colorada y sonrió simultáneamente.

–Todo va muy bien. Y pensando en niños para el año que viene.

Mac se echó hacia atrás en la silla y tomó un trago de whisky.

–Soy un casamentero estupendo. Mi mejor amigo y la tímida ex directora jurídica de mi empresa...

–Oye, cuidado con lo de tímida. Eso fue hace años. Ahora soy tremenda.

–Eso es verdad –rió Mac.

–Eres un buen amigo. Te debo un favor.

–Sí, bueno, nunca pensé que tendría que cobrármelo, pero corren tiempos duros.

–Tim me ha dicho algo...

–Siempre ha sido tan discreto... –bromeó Mac.

–¿Qué necesitas? Lo que sea.

–¿Sigues representado legalmente a los DeBold?

–Sí, son mis clientes favoritos.

–He oído que están buscando una empresa de inversiones y me gustaría mostrarles lo que puede ofrecerles MCV Corp.

Avery hizo una mueca.

–Puede que hayan oído los rumores, Mac. Y ya sabes que son unas personas muy familiares. No quieren saber nada de…

–Lo sé, lo sé. Por eso he planeado ser todo lo que están buscando y más.

Ella no parecía muy convencida.

–Restaurantes de cinco tenedores y cosas así no les van a impresionar en absoluto. Si quieres que se tomen tu empresa en serio tendrás que hacer algo…

–Deja que te cuente lo que se me ha ocurrido y luego decides si puedes ayudarme o no.

–Muy bien –sonrió Avery, levantando su copa de vino.

Dada la clase de hombre que era, Olivia había esperado que Mac Valentine viviera en un loft de cristal y acero o algo así de frío. De modo que fue una sorpresa descubrir que la dirección que le había dado era una mansión antigua, pero encantadora, en el histórico barrio de Lake of the Isles.

Después de aparcar en la entrada, cubierta de nieve, subió los escalones de piedra y llamó al timbre, fijándose en la hiedra que crecía en una de las paredes de la casa. Un golpe de viento, el frío viento de noviembre en Minneapolis, la golpeó entonces y agradeció que se abriera la puerta.

Un hombre alto y delgado de unos sesenta años la hizo pasar. Le explicó que estaba haciendo unas reparaciones y le dijo que Mac bajaría enseguida. Luego desapareció por un largo pasillo.

Olivia se quedó en el vestíbulo, mirando la fantástica barandilla de madera y preguntándose por qué en el interior de la casa no hacía más calor que fuera.

–Buenos días.

Bajando la escalera, estilo Rhett Butler pero al revés, estaba Mac Valentine. Iba vestido con vaqueros y camisa blanca, las mangas subidas hasta el codo, mostrando unos fuertes antebrazos. Olivia tragó saliva. A ella le gustaban los antebrazos masculinos, le gustaban los músculos que se marcaban bajo la piel morena cuando un hombre agarraba algo… o a alguien.

–¿Ha tenido algún problema para encontrar la casa?

–No, en absoluto –contestó ella, notando que no sólo tenía un aspecto estupendo, también olía muy bien. Como si se hubiera duchado en un bosque de pinos o algo así. Una tontería, pero eso fue lo que pensó–. ¿Empezamos?

Los ojos oscuros del hombre brillaban, burlones, mientras asentía con la cabeza.

–Venga conmigo.

Mientras Olivia lo seguía por la casa, iba fijándose en que cada habitación era más bonita que la anterior, con paredes forradas de madera, vigas antiguas y colores rústicos. Pero había un problema que Mac Valentine había olvidado mencionar cuando fue a verla a la oficina: que todas las habitaciones, desde los cuartos de baño al salón o la fabulosa cocina, estaban vacíos. No había muebles, ni cuadros, ni objetos de decoración, nada. Era como si acabara de mudarse.

–Veo que es usted un minimalista de primer orden –rió.

–No del todo –dijo él, señalando un aparato sobre la encimera de la cocina–. Tengo una máquina de espresso.

Y dos humeantes tazas de café. Olivia tomó una y le dio la otra a él.

–Eso está bien, pero no da la impresión de ser una casa muy hogareña. Veo que voy a tener mucho más trabajo del que imaginaba. ¿Va a explicármelo?

Mac se encogió de hombros.

–Nunca tengo tiempo de ir a comprar muebles.

Tenía que ser algo más, pensó ella, estudiándolo. No había puesto su sello en nada. Quizá odiaba la permanencia, quizá sólo estaba allí de paso.

–¿Cuánto tiempo lleva viviendo aquí?

–Compré esta casa hace tres años.

Olivia estuvo a punto de atragantarse con su café.

–¿Y dónde duerme? O, más importante, ¿en qué duerme?

–Tengo una cama –contestó él, apoyándose en la encimera–. ¿Quiere verla?

–Por supuesto. Mi trabajo consiste en comprobar que todo tenga el sello familiar.

–¿Qué sello cree que tiene ahora?

–¿El de la lascivia? –sugirió ella.

Mac sonrió.

–Hay otra habitación al final del pasillo en la que he puesto algunas cosas. Dos, para ser exactos.

Curiosa, Olivia lo siguió mientras entraba por una puerta de madera de doble hoja. Y se quedó helada. Aquella habitación era fantástica. Una pared estaba hecha enteramente de cristal y, de inmediato, se sintió como si estuviera en el paisaje nevado del exterior. La nieve caía en gruesos copos de las ramas de un árbol, los pájaros cantaban sobre la nieve y las ardillas se pasaban frutos secos en cadena. Dentro, a su derecha había un par de cómodos sillones de cuero frente a una enorme chimenea. Mac se sentó en uno de ellos y le hizo un gesto para que hiciera lo mismo.

–Así que de vez en cuando se permite a sí mismo un poco de relajación.

–Un hombre necesita su refugio.

–Bueno, pues éste es estupendo.

–¿Cree que puede hacer algo con esta casa?

–Creo que sí.

–Muy bien –Mac sacó una tarjeta de crédito del bolsillo y se la entregó–. Compre lo que quiera. Desde sábanas hasta cuadros. Me da igual lo que se gaste mientras convierta esta casa en un sitio hogareño y cálido.

Olivia miró la tarjeta platino.

–¿Quiere que amueble toda la casa?

Él asintió con la cabeza.

–¿Cada habitación?

–Sí.

–¿No quiere poner su sello? ¿No quiere elegir los muebles usted mismo?

–No.

–No lo entiendo. ¿No quiere sentirse cómodo aquí?

–No me gusta sentirme cómodo... a una persona le pueden pasar muchas cosas raras cuando se siente cómodo.

–Intentaré recordarlo.

–Lo único que quiero es a los DeBold contentos. Eso es lo único que me importa.

Olivia sintió la tentación de preguntarle de dónde había salido esa desesperada necesidad de ganar, pero no era asunto suyo. Él estaba tan serio, tan sexy mirando el fuego de la chimenea... su sola presencia hacía que se le contrajera el estómago y sabía que, le hubiera contado lo que le hubiera contado a su padre, después de aquel día la verdad era que se sentía atraída por Mac Valentine. No pensaba hacer nada, por supuesto, pero la atracción estaba ahí.

–Haré todo lo que pueda para preparar el escenario –le prometió.

–Eso espero.

Ella miró su boca. Era una boca sensual, cínica y, por un momento, se preguntó cómo sería apretando la suya. Pero apartó la mirada enseguida.

–Tiene que entender algo, Valentine –dijo, tanto para sí misma como para él.

–¿Qué?

–Sé que no me contrató porque sea una fantástica cocinera.

–¿No está siendo muy dura consigo misma?

–No, es la verdad. No me contrató por eso, aunque lo soy. Está usted buscando venganza. No sé cómo quiere hacerme pagar por algo que cree que hizo mi padre, pero le advierto que no voy a caer rendida a sus pies.

–¿No?

Olivia negó con la cabeza.

–En lugar de eso, voy a vigilarlo. Y si se pasa de la raya, lo empujaré para que vuelva a su sitio.

–¿Señorita Winston?

–¿Sí?

–¿Y si es usted quien se pasa de la raya?

Esa pregunta fue tan inesperada que la dejó muda y Mac sonrió, satisfecho.

–Bueno, creo que ya hemos hablado todo lo que teníamos que hablar –dijo Olivia cuando pudo salir del trance–. Tengo muchas cosas que hacer en muy poco tiempo, así que a trabajar. Enséñeme los dormitorios.

–¿Todos los dormitorios? –sonrió Mac.

–Sí.

–Muy bien. Sígame.

Capítulo Cinco

–¿Y bien?

–¿Qué tal tu reunión con Valentine?

Olivia no llevaba más de cinco minutos en la oficina y Tess y Mary ya estaban en la puerta, los ojos llenos de curiosidad.

–Todo bien –contestó, encaramada a una escalera–. Tengo que comprobar un par de cosas y luego estaré fuera todo el día.

–¿Qué estás haciendo? –preguntó Mary, mirando la cacerola que había sobre la mesa.

–Tengo que amueblar su casa. Una casa que está, literalmente, vacía.

–¿Toda la casa?

–¿Por qué te sorprende tanto? Hemos hecho trabajos parecidos otras veces.

–Sí, es verdad.

Olivia prácticamente podía oír el cerebro de Mary dando vueltas.

–¿Qué?

–¿También vas a amueblar su dormitorio?

–Por favor... tienes demasiadas hormonas dando vueltas por ahí.

Riendo, Tess sacó una taza del armario y se sirvió una taza de café.

–Estamos preocupadas por ti, mujer. Si todo lo que nos has contado sobre ese hombre es verdad, Mac Valentine quiere algo más que amueblar su casa.

–Pues claro, ya os lo he dicho.

Mary le quitó a Tess la taza y tomó un sorbo de café.

–¿Y si quiere que amuebles el dormitorio donde piensa seducirte?

–¿Qué? Estáis locas. Puede que esté intentando usarme para vengarse de mi padre, pero es un hombre increíblemente inteligente y creativo. Si ha planeado algo, tiene que ser algo más elaborado que eso... –Olivia se detuvo al ver la expresión preocupada de sus socias–. ¿Qué?

–Te gusta –dijo Mary.

–Venga ya.

Tess asintió con la cabeza.

–Te parece «inteligente» y «creativo». Y, probablemente, también te parece guapo.

Olivia rió mientras bajaba de la escalera.

–Pues claro que es guapo. Cualquiera que tenga dos ojos en la cara puede ver que es guapo.

–Ay, no –suspiró Mary, con una mano sobre el estómago, como para tapar las orejitas de su bebé.

–Eso no está nada bien –dijo Tess–. Creo que yo debería hacer el trabajo.

–¿Queréis calmaros, por favor? –Olivia sacó un bolígrafo del cajón para anotar el nombre de la batería de cocina que tenía en el armario–. Mac Valentine es un hombre guapo, encantador y todo lo demás, pero yo no soy tonta. También es un arrogante y un mujeriego que no tiene ni muebles ni moral.

Tess asintió con la cabeza.

–Sí, eso es más o menos lo que decía un artículo que leí sobre él la semana pasada. Pero ellos lo decían como si fuera algo bueno.

–¿Qué? ¿Qué artículo?

–Tess, ve a buscarlo –le ordenó Mary, volviéndose hacia Olivia.

–¿Tú también lo has leído?

Su socia se encogió de hombros.

–Estaba reciclando antiguas revistas y ya sabes cómo soy. Cuando veo algo que me interesa, no puedo dejar de leerlo.

Tess volvió con la revista: *Minneapolis Magazine.*

–Es de hace un par de años. Página treinta y cuatro.

Dejando escapar un suspiro de impaciencia, Olivia tomó la revista y empezó a buscar. Enseguida supo que había encontrado el artículo, no por el número de la página sino por la enorme fotografía de Mac y otro hombre, sentados sobre un escritorio de acero, una fantástica panorámica de Minneapolis tras ellos.

El artículo se llamaba «Adictos al trabajo y adictos a las mujeres». Los dos hombres aparecían con un móvil de última generación en una mano y un lingote de oro en la otra. Ver a Mac, tan guapo y tan arrogante como siempre, no molestó a Olivia en absoluto. Era la fotografía del otro hombre lo que hizo que se le encogiera el estómago.

Tim Keavy.

Su corazón empezó a latir furiosamente. Tim Keavy, el único chico del instituto que conocía sus más vergonzantes secretos. ¿Significaba eso que Mac lo sabía también? ¿Pensaba usar eso contra ella, contra su padre?

Olivia se pasó una mano por la cara. No lo había esperado. Había esperado que intentase seducirla, no que usara su pasado contra ella.

¿Sería posible que Mac no lo supiera, que aquello fuese una simple coincidencia? Tendría que ir con cuidado, se dijo. Vigilar cada uno de sus movimientos y estar preparada para cualquier cosa.

Por un momento, pensó que lo mejor sería renunciar al encargo, pero ella no salía corriendo ante la primera dificultad. Ella no era una cobarde. De modo que dejó la revista y tomó sus notas.

–Tengo que irme.

–Pero ten cuidado –le aconsejó Mary.

–Lo tendré –le aseguró Olivia.

Y, de camino a la puerta, tiró la revista en una papelera.

Se decía que la nieve de noviembre en Minnesota no era más que un ensayo para las nevadas del mes de enero, pero cuando Mac llegaba a su casa, las ruedas del coche patinando y suplicando que les pusiera cadenas mientras gruesos copos de nieve caían sobre el parabrisas, se preguntó si las Navidades habían pasado sin que se diera cuenta.

Una vez en en el garaje, apagó el motor. Y, por un momento, se quedó allí. Había salido de la casa de muchas mujeres en su vida, pero nunca había vuelto a la suya para encontrarse con una. Sí, Olivia era una empleada, de modo que la situación no debería resultarle tan doméstica, pero no era así. La encontraba demasiado guapa, demasiado apasionada, demasiado inteligente para tratarla como a una empleada.

Cuando entró en casa unos minutos después, oyó ruido de cacerolas en la cocina. Y su cuerpo lo traicionó de inmediato al ver a Olivia, el pelo oscuro sujeto en una coleta y colorada de tanta actividad, inclinándose para guardar cacerolas en uno de los armarios. Llevaba un jersey rojo que destacaba su estrecha cintura y la curva de sus pechos y unos vaqueros que se ajustaban deliciosamente a su trasero respingón.

Pensamientos diabólicos pasaron por su cabeza... como por ejemplo lo agradable que sería estar allí cuando se incorporase, envolverla en sus brazos, sentir su trasero apretado contra él, meter la mano bajo aquel suave jersey de lana y tocar su piel, sus huesos, sus pezones mientras se ponían duros...

Ella se volvió entonces. Y cuando lo pilló mirándola, lo miró a su vez con gesto expectante. Nada nuevo, solía mirarlo de esa forma, como si estuviera vigilándolo. Pero aquel día había algo nuevo en sus ojos, como si estuviera acusándolo de algo.

Mac dejó su maletín y las llaves en la encimera y miró alrededor. Había hecho maravillas en la cocina. El espacio era perfecto, hogareño y, sin embargo, sorprendentemente moderno. Había creado una cocina familiar para él.

Sí, aunque aquélla no era precisamente su área de experiencia, Olivia Winston era muy buena en su trabajo. Y si era tan buena haciendo eso, debía de ser fantástica como cocinera.

–Bueno, señorita Winston, algún día será una esposa estupenda para un hombre.

Pero Olivia no pareció entender la broma porque lo miró con el ceño fruncido.

–Ése ha sido un comentario increíblemente sexista.

–¿Ah, sí?

–Sí.

–¿Por qué? Yo pretendía que fuese un halago. La cocina está estupenda.

–¿Y sólo un marido puede apreciarlo? –preguntó ella, con una sartén enormemente grande en la mano–. Éste es mi trabajo porque me gusta, no porque haya elegido una profesión supuestamente «femenina». ¿De acuerdo?

–Sí, claro, de acuerdo –asintió él, quitándole la sartén–. Esto no es un arma.

Olivia dio un paso atrás; era increíblemente atractiva incluso enfadada.

–No necesito una sartén para hacer daño, Valentine.

–La creo –sonrió él, apartando un mechón de pelo de su cara. Su piel era tan suave que habría querido seguir tocándola–. Cuando yo salga al jardín a cortar leña, le permito decir que algún día seré un buen marido.

Ni siquiera una sombra de sonrisa. Mac no tenía ni idea de qué había hecho o dicho para enfadarla tanto, pero estaba enfadada.

–Dudo mucho que sepa usted cortar leña –replicó, tomando una cacerola del fregadero–. Pero aunque fuera así, haría falta mucho más que eso para hacerme pensar que podría ser un buen marido.

–¿Por qué está tan enfadada conmigo? Me he dado cuenta en cuanto he entrado en la cocina. Está usted muy guapa, pero evidentemente enfadada.

–¡No estoy enfadada! –gritó ella, tomando un trapo de la encimera.

–¿Qué ha pasado? ¿Ha hablado con su padre?

–Mire, señor Valentine. No tengo que hablar con mi padre para estar molesta con usted.

–¿Molesta?

–Eso es. Soy perfectamente capaz de formarme una opinión sobre usted.

Mac dio un paso adelante, haciendo que ella diera un paso hacia atrás, sus caderas rozando la encimera de granito.

–¿Y cuál es esa opinión?

–Que a usted le gustan mucho las mujeres…

–Desde luego que sí.

–No me ha dejado terminar –la voz de Olivia era tan intensa como su mirada–. Tanto que apenas recuerda sus nombres cinco minutos después de cortar la relación con ellas.

–Yo no tengo relaciones –dijo Mac. Se preguntaba si besarla en aquel momento sería una mala idea o la más brillante de su vida. Pero ella no le dio oportunidad.

–¿Se siente orgulloso de cómo lo ven los demás? ¿Alguien que salta de una cama a otra?

–Ésa es la pregunta de una mujer que necesita desesperadamente a un hombre en su cama.

Olivia, con las mejillas rojas y los ojos oscuros brillantes de indignación, soltó el trapo y salió de la cocina.

–Se ha hecho tarde.

–La acompaño –dijo Mac.

–No se moleste –Olivia tomó su abrigo, guantes y bolso y abrió la puerta–. Volveré mañana por la mañana.

Mac recordó lo difícil que había sido llegar hasta allí desde la oficina.

–Espere. Está nevando mucho…

–Buenas tardes, señor Valentine.

–Las carreteras están llenas de nieve…

–Nací en Minnesota –lo interrumpió ella, alejándose hacia su coche–. He conducido en peores situaciones.

***

–¡Maldita sea!

Olivia miró por encima de su hombro e hizo una mueca al ver que había tirado el buzón de Mac. Allí estaba, tirado sobre la nieve, un palo negro y triste sin cabeza. Qué tonta había sido al pensar que, por tener un cuatro por cuatro, podría evitar la realidad de la madre naturaleza. Sólo quería alejarse de aquel hombre, de su casa y de las preguntas que le había hecho sobre cómo lo veían los demás, sobre saltar de una cama a otra y todas esas tonterías que le había dicho… cosas que, en realidad, se criticaba a sí misma.

Olivia puso la primera y pisó el acelerador. Las ruedas se movían, pero el coche seguía en el mismo sitio.

–Maldita nieve.

Aquel trabajo había empezado siendo una curiosidad para acabar convirtiéndose en algo horriblemente complicado. Jamás había actuado de una forma tan poco profesional y, aunque los motivos de Mac para contratarla eran más que cuestionables, su trabajo era decorar la casa sin meterse en asuntos personales, sin dejar que sus miedos dictasen su comportamiento. Pues bien, desde aquel momento pensaba hacerlo como debía.

Olivia encendió la calefacción y sacó su móvil del bolso para llamar a un taxi, pero antes de que contestase la operadora oyó un golpecito en la ventanilla. Cuando giró la cabeza se encontró con Mac, en vaqueros y camisa al lado del coche. Sorprendida, bajó la ventanilla.

–¿Se puede saber qué hace?

–Me he cargado su buzón, estoy atrapada en la nieve y ahora mismo estaba llamando para pedir un taxi.

Él soltó una palabrota.

–Será mejor que llame a la grúa. Ningún taxi va a venir a buscarla con este tiempo. Yo podría intentar llevarla a su casa, pero no creo que fuera muy inteligente.

–No, no lo sería. Y debería entrar en casa –dijo Olivia, volviendo a subir la ventanilla.

Pero Mac volvió a dar un golpecito en el cristal. Más fuerte esta vez. Y, de nuevo, ella bajó la ventanilla.

–¿Qué?

–Se va a congelar.

–Sólo si sigue obligándome a bajar la ventanilla. Vamos, vuelva a su casa. Es usted el que se va a congelar y me niego a aceptar la responsabilidad si pilla una neumonía.

–Se está portando como una niña pequeña. Venga dentro.

–Estoy siendo sensata. No es buena idea pasar la noche en su casa. Antes la cosa se ha puesto muy caliente...

–Sí, es verdad, pero creo que a la casa le vendría bien un poco más de calor.

–Hace demasiado frío para bromas –suspiró ella.

Sólo quería irse a casa, darse un baño caliente y quizá ver algunos capítulos de *Sexo en Nueva York.*

Pero eso no iba a pasar.

–Usted decide –dijo él, frotándose los brazos para entrar en calor–. Una buena chimenea o un coche helado.

–Muy bien, entraré… pero voy a llamar a la grúa.

Mac la ayudó a salir del coche y ella lo siguió, corriendo por la nieve.

–Si no puede venir la grúa esta noche –dijo él mientras abría la puerta– puede dormir en mi habitación.

–¿Está usted loco?

–No, pensé que estaba actuando como un caballero. Y eso es raro en mí.

–¿Puedo usar su teléfono? Me he quedado sin batería en el móvil.

–Sí, claro.

Mac colgó su abrigo y luego empezó a quitarle los guantes. Olivia sintió un escalofrío desde la nuca a las rodillas. Le quitaba los guantes con tal lentitud… mirándola a los ojos mientras lo hacía. Y cuando sus dedos fueron liberados del cuero negro, apretó sus manos.

–Está usted helado.

–Pero usted no –contestó él–. No sé si voy a soltarla.

Tristemente, Olivia no quería que la soltara, pero no pensaba rendirse. Estaba usándola y en el pasado había dejado que la usaran demasiadas veces.

–Voy a llamar por teléfono.

–Esta noche no van a sacar tu coche de aquí, Liv –dijo Mac entonces, tuteándola por primera vez–. Yo voy a sentarme frente a la chimenea ya que el resto de las habitaciones están sin amueblar, pero si te quedas puedes dormir en mi habitación… o no. De cualquier manera, no pienso molestarte.

Olivia no sabía si creerlo, pero ¿qué podía hacer? Necesitaba refugio por una noche.

–Gracias.

–De nada. Buenas noches –dijo él, dirigiéndose al salón.

Capítulo Seis

El tipo de la primera empresa de grúas le colgó, el segundo se rió de ella cuando le preguntó si podía excavar su coche para sacarlo de la nieve y la tercera llamada fue contestada directamente por una máquina.

Olivia sabía que no sería fácil pero, después de cómo había reaccionado cuando Mac le quitó los guantes, rezaba para que alguien la sacase de allí.

Se sentó al borde de la cama, con los hombros caídos. Estaba cansada, helada de frío y decepcionada consigo misma por haber aceptado su habitación. Una mujer más fuerte habría tomado un par de toallas y habría dormido en el suelo enmoquetado de alguno de los cuartos de invitados. Pero ella era una floja. Era una criatura acostumbrada a las comodidades. Siempre se había preguntado cómo podía la gente ir de camping. Ruidos raros, bichos… ¿dónde estaba la atracción? En fin, el caso era que iba a dormir en la cama de Mac Valentine. Sólo esperaba que cumpliese su palabra y no se aventurase fuera del salón.

Suspirando, se cubrió con un par de mantas. Pero

claro, ¿para qué iba a salir del salón, tan calentito? Hacía un frío horrible en casa de Mac, un frío que se te metía en los huesos.

No sabía lo que el hombre que le abrió la puerta el día anterior hacía por allí, pero lo primero que iba a hacer por la mañana era llamar a una empresa de calefacción. Al infierno los muebles, lo más importante era calentar aquella casa. Si se encontraban con un iglú, los DeBold se marcharían a un hotel de cinco estrellas.

Estaba intentando entrar en calor cuando, sin más remedio, tuvo que ir corriendo al cuarto de baño. Y allí la vio… rodeada de maravillosa piedra marrón había un enorme cubículo de cristal con una cabeza de ducha en el techo y cuatro más en la pared. Le daban ganas de llorar, era tan invitadora.

¿Se atrevería? Quizá una ducha rápida. Sólo para entrar en calor.

Sin pensarlo más, abrió el grifo y giró el mando de la temperatura al equivalente de «más caliente que el infierno». Después de cerrar la puerta para guardar el calor, se desnudó. Estaba a punto de meterse en la ducha cuando oyó un golpecito en la puerta del dormitorio.

Y se le encogió el estómago. No, no, no. ¿Por qué ahora precisamente? ¿Tenía un radar o un sexto sentido que le decía cuándo había una chica desnuda en la habitación?

Envolviéndose en una enorme toalla, Olivia salió

del baño y cruzó el dormitorio, al borde de la congelación.

–¿Olivia?

Ella abrió la puerta sólo lo suficiente para asomar la cabeza.

–¿Sí?

–¿Vas a quedarte a dormir?

–Sí, voy a quedarme a dormir.

–¿Estás bien?

–Bien, cansada. ¿Qué querías?

Mac no parecía muy convencido.

–He metido una pizza en el horno, por si estás interesada.

–No, gracias. Estoy agotada.

–Muy bien. Buenas noches entonces –Mac inclinó a un lado la cabeza–. ¿Qué es eso?

–¿Qué?

–¿Eso que oigo es agua?

–No.

–¿Vas a darte una ducha?

–No en este preciso instante –contestó ella, irritada.

Mac sonrió.

–Vas a usar mi ducha ultramoderna, ¿verdad?

Olivia levantó los ojos al cielo.

–Por favor…

–Oye, no me extraña. Es estupenda.

–Sí, bueno… tengo que irme…

–¿Tienes todas las toallas que necesitas?

–Sí.

«Hora de irse, señor Valentine». ¿Qué más podía

decirle? Pero sé quedó allí, tan sexy con su pantalón de chándal negro.

Olivia dejó escapar un suspiro de frustración.

–Me estoy helando y tengo que entrar en calor. Buenas noches, Mac. Que disfrutes de la pizza.

Riendo, él se alejó de la puerta.

–Muy bien. Disfruta de la ducha, pero si no puedes dormir o te entra hambre, ya sabes dónde encontrarme.

–Eso, te lo aseguro, no va a pasar –replicó Olivia, antes de cerrar la puerta.

Mac echó otro leño al fuego y abrió un bote de cerveza antes de dejarse caer en el sillón. El libro que estaba leyendo era aburrido, pero iba por la mitad y él no era de los que dejaban las cosas a medias. Sin embargo, cuando estaba a punto de descubrir por qué los primeros homínidos y el simio tenían casi la misma cantidad de huesos en el cráneo y los dientes, oyó pasos tras él.

–Eres un pesado, Valentine.

Mac sonrió.

–¿Por qué dices...? –las palabras murieron en sus labios al verla, prácticamente brillando a la luz de la chimenea. Desde que había visto a Olivia Winston ofreciéndole una galleta con muy mal genio en la cocina de su empresa la había encontrado increíblemente atractiva. Esa noche, sin embargo, la encontraba fascinante.

Su blusa blanca parecía la camisa de un hombre, arrugada y con los puños sin abrochar. Los pantalones parecían demasiado grandes sin el cinturón y los tacones... pero fueron la cara y el pelo lo que hizo que su pulso se acelerase. Sin maquillaje parecía más joven, más fresca, más suave, su piel brillando como la de un melocotón. Su largo pelo oscuro, mojado, le recordaba el de una sirena.

Mac tuvo que echar mano de todo su autocontrol para no tomarla en sus brazos y besarla hasta que se diera cuenta de que sus cuerpos estaban hechos el uno para el otro.

–Mi ducha caliente no ha sido tan caliente.

–¿No?

Olivia lanzó sobre él una mirada de reproche.

–Y es culpa tuya. Me hiciste esperar tanto que el agua caliente se terminó.

–Lo siento –se disculpó él–. Deja que te compense con una buena chimenea y una porción fría de pizza.

Ella no parecía muy convencida.

–Muy bien –suspiró por fin, tomando el trozo de pizza–. Tu habitación es un congelador, Valentine. Está casa es heladora.

–Sí, supongo que hace algo de frío.

–Parece que no te importa convertirte en un cubito de hielo cada vez que se pone el sol.

–No me doy cuenta. Sólo vengo aquí a dormir.

–Pues lo primero que voy a hacer mañana es llamar a una empresa de calefacción. No creo que los DeBold sean esquimales.

–Eso ha estado muy bien, muy graciosa –sonrió Mac.

–Tengo mis momentos.

Sin dejar de sonreír, él le ofreció un bote de cerveza.

–¿Te apetece?

–¿Por qué no? Gracias.

–De nada.

–Sentada delante de la chimenea en una casa helada comiendo pizza y tomando una cerveza fría... esta noche no podría ser más rara –comentó Olivia.

–¿Y si te cuento que cuando tenía nueve o diez años soñaba con convertirme en cómico?

–Eso sería aún más raro.

–Sí, sé que es difícil de creer –asintió Mac–. Me ponía un traje de mi padre de acogida y contaba unos chistes horribles a unos perros locos que tenían. A los nueve años me gustaban los chistes escatológicos, ya sabes.

–¿Creciste en una casa de acogida? –el tono de Olivia había pasado del sarcasmo a la compasión apenas disimulada en cuestión de segundos.

Y él odiaba eso. Raramente le hablaba a nadie de su menos que ideal infancia para evitar esa reacción. Y no sabía por qué le había dicho nada a ella. Quizá debería dejar la cerveza.

–Viví en varias casas de acogida. No pasa nada.

–¿Qué fue de tus padres?

–Mi madre murió cuando yo tenía dos años y mi padre... no lo conocí nunca.

Olivia se mordió los labios.

–Vaya, lo siento.

–No fue tan trágico.

–¿El tipo al que le tomaste prestado un traje… era buena persona al menos?

–No era malo. Aunque cuando llegó a casa y me vio con su traje puesto se molestó bastante.

–¿Y qué hizo?

–Quitarse el cinturón.

Olivia lo miró, boquiabierta.

–Qué canalla. Si yo hubiera estado allí le habría dado una patada…

La risa de Mac la interrumpió.

–Son cosas que pasan –aunque lo decía como si no tuviera importancia, agradecía que se pusiera de su lado–. Hace veinticinco años no se exigía que los padres fueran cariñosos. Todos pegaban a los niños alguna vez, fueran niños de acogida o no.

–No, eso no es verdad.

Mac entendió lo que estaba diciendo. Pero, aunque Owen Winston disciplinase sólo con palabras, no era un santo.

–Bueno, yo aprendí la lección. Jamás volví a ponerme su traje.

Los dos se quedaron callados durante un rato tomando cerveza y mirando el fuego. Mac estaba quedándose dormido cuado oyó que pronunciaba su nombre.

–¿Sí?

–¿Qué fue de lo de ser cómico?

–Se me pasó poco después –sonrió Mac.

–Vaya, qué pena –con las mejillas coloradas por el fuego, estaba realmente preciosa.

–O una bendición. Depende de cómo se mire.

Bostezando, Olivia se arrellanó en el sillón.

–Bueno, si tienes material nuevo puedes probarlo conmigo.

Su cuerpo se encendió al oír esas palabras, pero no dijo nada. No pensaba presionarla. Quisiera admitirlo o no, se sentía atraída por él y algún día, pronto, la tendría en su cama. No sería lo mismo si tomaba lo que ella aún no estaba dispuesta a darle. Owen Winston tenía que saber que su dulce e inocente hija había caído en brazos de Mac Valentine por su propia voluntad.

Mac esperó hasta que la vio respirar lenta y rítmicamente y, unos minutos después, cerró los ojos y se quedó dormido.

Olivia despertó sin saber dónde estaba. Por un momento pensó que ya era por la mañana, pero una rápida mirada a la pared de cristal le dijo que aún quedaban horas para el amanecer.

–Hola.

Mac seguía sentado en su sillón, sus ojos seductores y hambrientos.

–¿Qué hora es?

–Alrededor de las tres.

Ella parpadeó un par de veces.

–Debería irme a la cama.

–Pero allí hace frío.

–Sí.

Olivia no se movió.

Mac se levantó del sillón y se sentó en cuclillas delante de ella. El brillo ardiente de sus ojos hizo que sintiera un cosquilleo en el estómago, pero cuando levantó una mano para tocar su cara, Olivia sujetó su muñeca, una muñeca dura, fuerte, masculina. Su corazón latía con fuerza cuando él se echó hacia delante, su mirada hambrienta, su boca tan cerca.

Recordando después aquella noche, Olivia había querido culpar al sueño, al frío, a la nieve que no dejaba de caer, por lo que pasó después. Pero sabía exactamente cuándo había perdido temporalmente la cabeza. Toda la frustración que le hacía sentir su atracción por Mac y todos los años aparcando sus deseos parecieron explotar en ese momento.

Porque, sin pensar, le echó los brazos al cuello y lo besó. Y no un besito, sino un beso apasionado en los labios, de ésos que te dejan sin aire.

Capítulo Siete

–Vaya... –Mac no terminó la frase mientras la empujaba suavemente hacia la alfombra.

Encima de él, Olivia agradecía el calor de su cuerpo. Había pasado tanto tiempo, casi diez años desde que la tocaron así, desde que había besado a un hombre, el cálido aliento de Mac mezclándose con el suyo. Los duros ángulos de su cuerpo, el olor a limpio de su piel la excitaban, haciéndole olvidar cualquier otra consideración.

Enredó los dedos en su pelo mientras la besaba. Besos ardientes, embriagadores. Lo único que quería era estar con él, sentir su calor, olvidar quién era durante unos minutos, olvidar lo que Mac Valentine estaba buscando.

Con un hábil movimiento, él la tumbó de espaldas sobre la alfombra. El calor de la chimenea la mareaba un poco mientras la mano de Mac se movía despacio bajo su blusa. El miedo se mezclaba con el deseo de sentir esa mano sobre sus pechos, oír cómo se agitaba su respiración cuando los acariciase, sentir que su entrepierna se endurecía mientras la tocaba...

Mac deslizó las manos por sus costillas y Olivia se arqueó hacia él, suplicándole en silencio que siguiera, que no parase.

Él no era tonto, sabía lo que le estaba pidiendo y se lo daba con el mayor cuidado. Mientras besaba su labio inferior, acarició sus pechos y lenta, muy lentamente, empezó a jugar con uno de sus pezones. Olivia dejó escapar un suspiro. Oh, qué dulce tortura. Era como si se hubiera metido en un delicioso baño caliente del que no quería salir nunca.

Pero sabía que si no lo hacía iba a ahogarse.

Mac seguía acariciándola y Olivia temblaba. Sabía que si seguía haciendo lo que estaba haciendo iba a tener un orgasmo. Allí mismo, sin haberse quitado los pantalones siquiera. Y no podía hacer eso, no podía pasarle eso.

De modo que lo empujó y se sentó sobre la alfombra, respirando con tanta dificultad como si hubiera corrido tres kilómetros.

–¿Por qué paras?

–Tú sabes por qué.

Él se pasó una mano por el pelo.

–Maldita sea, Liv, no hay nada malo en esto…

–Sí lo hay –replicó ella. Estaba tan sexy tumbado junto al fuego, despeinado–. Sólo quieres usarme…

–Tú también me estás usando a mí. No finjas que no es así. He podido sentirlo en tus besos, en cómo levantabas las caderas... Estás hambrienta, Olivia. Y lo deseas tanto que sigues temblando.

–Porque tengo frío.

–Mentira. Aquí hace mucho calor.

Sus palabras le sorprendieron. Sí, lo deseaba, pero no sabía por qué. ¿Quería usarlo? ¿Quería compensar el tiempo perdido y, por fin, aliviar su cuerpo y las penas del pasado? ¿O era porque estaba empezando a gustarle?

–Me voy a la habitación. Sola.

–¿De verdad es eso lo que quieres?

Claro que no, pero tenía que dar un paso atrás y pensar las cosas con la cabeza fría.

–Sí.

–Muy bien, pero si tienes frío...

–Puede que un poco de frío sea bueno en este momento –lo interrumpió ella. Y sin volver a mirarlo, salió del salón.

Mac despertó al oír el ruido de una máquina quitanieves y el timbre al mismo tiempo. Aparentemente, las calles estaban ya limpias y habían llevado los muebles. Pero cuando se estiró tuvo que hacer un gesto de dolor. Dormir en un sillón no era la mejor idea.

Mientras iba hacia la puerta, se preguntó si Olivia seguiría durmiendo o si se habría marchado al amanecer.

¿Qué pasaría si subiera a la habitación y empezara a besarla desde los tobillos...? Mac sonrió, aunque ese pensamiento había despertado una parte de su cuerpo que debería estar dormida. Seguramente lo echaría de la habitación... o no.

Seguía pensando en esa fantasía mientras abría la puerta. Pero cuando vio quién estaba al otro lado el deseo se desvaneció.

–No, por favor, es demasiado temprano para esto.

Owen Winston parecía dispuesto a asesinarlo.

–¿Dónde está mi hija?

–Menuda cara tienes viniendo aquí.

–¿Dónde está mi hija?

Mac se apoyó en el quicio de la puerta y levantó una ceja.

–En mi cama.

Los ojos de Owen Winston se abrieron como si fueran a salirse de las órbitas y, sin decir una palabra, lanzó el puño hacia su cara…

Capítulo Ocho

Olivia bajó al primer piso estirándose perezosamente. Si no tuviese tanto que hacer iría a que le dieran un masaje, pero estaba tan ocupada que un buen baño caliente era lo único a lo que podía aspirar ese día.

Cuando llegó al pasillo oyó voces.

–Ah, debe de ser el taxi. Los de la grúa me han dicho que me enviarían un taxi y... –no terminó la frase. Las voces airadas que oía en el vestíbulo... reconocía una de ellas, era la de su padre.

Corrió por el pasillo, pero cuando llegó a la entrada lo único que pudo hacer fue observar la escena, boquiabierta. Allí estaba su padre, la espalda contra la pared, con cara de querer matar a Mac. Y Mac, delante de él, con el mismo gesto amenazador.

–¿Se puede saber qué estáis haciendo? –exclamó–. Mac, suelta a mi padre.

–Sí, claro. Mientras él no vuelva a intentar pegarme.

–¿Qué? Papá, ¿qué estás haciendo aquí?

–Tenemos que hablar, Liv.

–Podrías haberme llamado.

–Te he llamado, pero tenías el móvil desconectado.

–Vamos fuera –avergonzada del comportamiento de su padre, Olivia intentó arreglar las cosas con Mac. Que, al fin y al cabo era un cliente–. Siento lo que ha pasado.

–No te preocupes. Pero llévatelo de aquí.

–No le pidas disculpas, Livy. Es un monstruo, un sinvergüenza…

Antes de que su padre pudiera seguir insultándolo, Olivia lo tomó de la mano.

–Volveré a las diez, cuando lleguen los muebles. Voy a dejar la llave bajo el felpudo…

Sin esperar respuesta, llevó a Owen a la calle. Estaba furiosa. Entendía el deseo de su padre de protegerla, pero aquello era demasiado.

–Papá, ¿qué estás haciendo? Venir aquí y atacar a mi cliente... podría haber llamado a la policía. Aún podría hacerlo. ¿Cómo se te ha ocurrido?

Owen, de repente, pareció muy cansado mientras alargaba una mano para tocar su pelo.

–Estaba intentando protegerte, cariño. Evitar que cometieras un terrible error. Pero parece que llego demasiado tarde.

–¿Demasiado tarde para qué? ¿Qué error…? –Olivia entendió enseguida a qué se refería. Era lo mismo de siempre… la desesperación de su padre, su miedo constante de que fuera como su hermana mayor, Grace. Su pobre tía Grace que, después de estar hasta la madrugada de fiesta con algún compañero de facultad, murió en un accidente de coche cuando volvía a casa. Había cumplido dieciocho años el día anterior y su padre jamás había podido superarlo.

Olivia entendía ese miedo y su deseo de protegerla, pero ya no tenía dieciséis años. Aquello tenía que terminar.

–Ese monstruo sonrió como un sátiro cuando le pregunté dónde estabas.

–¿Y qué te dijo?

–Que estabas en su cama –contestó Owen–. ¿Ha pasado algo, hija?

–Ah, por favor… papá, no voy a molestarme en contestar a eso.

El taxista, que acababa de llegar, asomó la cabeza por la ventanilla.

–Señorita, ¿voy a tener que esperar mucho?

–Olivia, por favor. Eres una niña tan buena… No actúes de forma irracional… y con un hombre que sólo quiere usarte contra mí.

–No estoy actuando de forma irracional, papá. Y ya no soy una niña.

–Lo sé…

–No, creo que no lo sabes. Mira, tú sabías que iba a aceptar este trabajo y que eso significaba relacionarme con Mac Valentine.

–Ayudar al enemigo.

–Tengo una empresa, papá.

–Muy bien, ¿y cómo lo estás ayudando? ¿Estás buscando clientes para él?

–No, es algo confidencial.

–Ese hombre es un canalla sin compasión que quiere hacerte daño. Y a ti te preocupa la confidencialidad...

–¿Cuánto tiempo llevo viviendo sola, papá?

–Desde los dieciocho años –suspiró Owen–. Pero eso no lo decidí yo.

–Exactamente. Soy una mujer madura que toma sus propias decisiones. Y ya te he dicho muchas veces, con todo el respeto del mundo, que no tengo que darte explicaciones, papá.

Owen apretó los labios, pero no era la primera vez que le hablaba así. Tras la muerte de su madre, Olivia había empezado a tomar decisiones como una adulta. Algunas habían sido completamente estúpidas, incluso arriesgadas, pero en la mayoría de los casos, como haber abierto su empresa, se sentía orgullosa de sí misma.

–¿Qué ha sido de mi niña? –suspiró.

–La dejé en el instituto, papá –sonrió Olivia, dándole un beso–. Bueno, tengo muchas cosas que hacer y seguro que tú también.

Luego entró en el taxi y se despidió con la mano.

Mac estaba en el cuarto de estar, viendo cómo el taxi se alejaba calle abajo. Había oído la conversación y, aparentemente, Olivia no era la niña inocente e ingenua que había pensado. Y él quería conocer cada detalle de un pasado que parecía estar escondiendo... especialmente después de lo que había ocurrido por la noche.

Aún había rescoldos en la chimenea y cuando se sentó en uno de los sillones recordó los besos... y cómo había respondido ella, sus silenciosas súplicas.

Olivia Winston sabía lo que era el placer, pero se lo había negado a sí misma durante mucho tiempo. No había necesidad de presionarla, pensó. Las demandas de su cuerpo habían empezado a hacerle olvidar el sentido común y Mac estaría allí, totalmente disponible, cuando volviera a pasar.

Después de todo, su padre lo creía un mujeriego y un canalla. Y Mac estaba dispuesto a demostrarle que tenía razón.

Al final del día todo había ido como ella esperaba, pensaba Olivia, paseando de una habitación a otra. Había hecho un buen trabajo y en un tiempo récord, además. Sí, había convertido la casa de Mac Valentine en un hogar moderno, cálido y acogedor.

Por no hablar del calor que salía de los radiadores. Afortunadamente, había encontrado una empresa de calefacción que solucionó el problema en una hora.

–¿Señorita Winston?

Olivia volvió al cuarto de estar, donde Dennis Thompson, el propietario de una galería de arte, estaba colgando unos cuadros.

–¿Qué le parece? ¿Uno encima del otro?

Olivia se sentó en el nuevo sofá de piel, pensativa.

–No sé. ¿Qué tal si los pone...?

–¿Uno al lado del otro? –oyó entonces la voz de Mac.

Dennis Thompson sonrió de oreja a oreja.

–Perfecto. Voy a buscar las herramientas al coche.

–Llegas temprano. ¿Has venido a supervisar el trabajo?

Mac llevaba un traje oscuro y una camisa blanquísima, la corbata un poco suelta.

–He venido a comer... tarde o a cenar pronto.

–¿Ah, sí? Aún no he llenado la nevera y anoche te comiste la última pizza que quedaba. ¿Qué piensas tomar, la última botella de Coronita?

–Tú eres chef, ¿no?

–Me gusta pensar que lo soy –contestó ella. Pero olía tan bien que intentó no respirar por la nariz.

–Entonces seguro que puedes hacer algo.

–No, no puedo –replicó Olivia–. ¿Puedo preguntarte una cosa?

–Claro.

–¿A qué hora sueles salir de la oficina?

–No sé...

–Aproximadamente.

–A las ocho, las nueve.

Ella miró su reloj.

–Son las cuatro y media. ¿Qué haces aquí? ¿Has venido a despedirme?

–No –rió él–. Mientras lo de esta mañana no vuelva

a pasar… no puedo permitir que aparezca tu padre cuando lleguen los DeBold.

–No volverá a pasar –le aseguró Olivia–. Tienes mi palabra.

Satisfecho con la respuesta, Mac se cruzó de brazos.

–No sé por qué estoy aquí. Pero creo que la razón podría ser vergonzante.

–¿Para ti o para mí?

–Para mí, definitivamente para mí.

–Ah, vaya, cuéntame.

Él miró alrededor.

–Tengo cierta sensación… de calor.

–Han arreglado los radiadores esta mañana…

–No, quiero decir que la casa da sensación de calor, de calidez. Viene de los muebles, de los cuadros, de las cosas que has puesto sobre las mesas… nunca pensé que me sentiría cómodo en un sitio así –dijo Mac–. Y, mientras tú te dedicas a hacer que mi casa sea un sitio acogedor, yo quiero volver para verla… y para verte a ti.

Olivia tragó saliva. No podía olvidar lo que había pasado la noche anterior, pero tenía que olvidarlo y seguir trabajando.

–Mira, sobre lo de anoche…

–¿Sí?

–Yo estaba medio dormida.

–¿Antes o después de besarme?

–Sé que suena como un cliché, pero te aseguro que no volverá a pasar.

–¿Estás segura?

–Sí.

–Porque anoche saltaban chispas.

Sus palabras, o cómo las había dicho, la hicieron reír.

–No te lo voy a discutir. Besas muy bien, Valentine. Pero me estás usando. Sé que piensas que yo estaba usándote también, aunque no es verdad.

–Entonces, ¿por qué…?

Olivia se preguntó qué diría si le confesara que empezaba a gustarle… que incluso con la información que tenía sobre él, lo creía una buena persona. Un hombre dañado por una infancia terrible, pero una buena persona bajo ese duro exterior.

–¿Señorita Winston? –Dennis Thompson había vuelto con las herramientas–. Siento interrumpir, pero antes de colgar el resto de las piezas tengo que saber dónde voy a ponerlas.

–Enseguida estoy con usted –sonrió ella, volviéndose hacia Mac–. Los clientes llegan mañana por la tarde y tengo que terminar aquí, irme a casa y preparar el menú…

–¿Has decidido si vas a quedarte?

–No, aún no.

–Si lo haces, no te molestaré.

–No me preocupa que tú empieces nada.

La palidez del rostro de Mac dejaba claro que había entendido el significado de la frase.

–¿Olivia?

–¿Sí?

–Sobre la cena… he invitado a otra pareja mañana por la noche, así que seremos seis en lugar de cuatro.

–Muy bien. ¿Los conozco?

–No lo creo. La abogada de los DeBold y su marido.

–Muy bien –sonriendo de manera profesional, Olivia salió de la habitación.

Capítulo Nueve

Si alguien lo llamaba «arrogante» a la cara, Mac Valentine normalmente asentía con la cabeza… antes de echar a quien fuera de su oficina. Sí, era arrogante. Pero en su defensa, creía ser el mejor en lo suyo y mostrar confianza era la única manera de conseguir lo que uno quería. Aquel día, alrededor de las tres, había demostrado esa teoría con uno de los clientes que, unas semanas antes, había salido corriendo cuando Owen Winston decidió desacreditarlo.

Después de hacerle esperar veinte minutos en el vestíbulo, prácticamente le había suplicado que volviese a aceptarlo. Si aquel hombre seguía pensando que daba información confidencial a otros clientes o no… eso era algo que no sabría nunca. Pero contratando una empresa rival no había conseguido beneficios y por eso volvía con él.

Mac entró en el garaje de su casa sintiéndose el rey del mundo. Tras el regreso de ese cliente, los demás volverían en masa, estaba seguro. Dejarían la empresa de Owen Winston y otras firmas asesoras y volverían a él.

Pero el éxito de aquel día no le haría olvidar sus deseos de venganza. Y, de hecho, el deseo de seguir adelante con sus planes para Olivia era mayor que antes. Al final de la semana, pensó mientras salía del coche, sería suya. Lo tendría todo, a la niña de Winston y nuevos clientes en su cartera.

El delicioso aroma a especias y carne llegó a su nariz en cuanto abrió la puerta. «Hogar, dulce hogar», pensó, irónico, entrando en la cocina.

Pero una vez allí, olvidó todo lo que había estado pensando y planeando. De hecho, en cuanto vio a Olivia se dio cuenta de que su cerebro había dejado de funcionar.

–Pareces…

Ella estaba moviendo algo en una cacerola con un cucharón de madera.

–¿Una esposa?

Mac vio el brillo burlón en sus ojos y se aclaró la garganta.

–Iba a decir que pareces una visión celestial, pero supongo que también pareces una esposa, sí.

Iba vestida de rosa y él odiaba el rosa. Siempre lo había odiado. Pero el rosa de Olivia Winston era diferente. El vestido le llegaba por encima de las rodillas y se ajustaba en la cintura, empujando sus perfectos pechos hacia arriba… lo suficiente para resultar elegante y sexy al mismo tiempo. Su larga melena estaba sujeta en un moño, haciendo que su cuello pareciese larguísimo… y comestible. Y sus ojos oscuros, llenos de humor, rodeados de largas pestañas…

¿Y él había querido olvidarse de la otra noche? Lo único que deseaba era tomarla entre sus brazos, quitarle el vestido y acariciar sus pechos...

Mac se pasó una mano por la cara. Los pantalones le apretaban la entrepierna. Y no le quedaban estrechos.

–Bueno, gracias por el cumplido –dijo ella, tomando varias botellas de vino–. ¿Te importaría echarme una mano?

–No. ¿Qué necesitas?

–Copas. ¿Puedes sacarlas del armario y llevarlas al comedor?

Mac tomó las copas que estaban colocadas sobre la encimera y la siguió.

–Bueno, ¿qué te parece?

Aquella chica era muy buena en su trabajo, pensó. Y lo demostraba con cada detalle.

Había puesto la mesa con unos platos inusualmente modernos, una cubertería brillante y servilletas de lino. Pero lo más impresionante era el centro de mesa. Era como si hubiera llevado el exterior al comedor, con ramas del jardín, velas blancas y campanitas plateadas.

Mac dejó las copas sobre la mesa y suspiró.

–Es perfecto.

–Me alegro de que te guste. Pero los invitados llegarán en media hora, así que será mejor que te cambies de ropa. Si quieres cambiarte.

–Tengo tiempo.

Ella lo miró, impaciente.

–Sería una grosería que no estuvieras listo cuando suene el timbre.

–Cuidado o alguien pensará que eres la señora de la casa –sonrió Mac, preguntándose cuánto tardaría en quitarle el brillo rosa de los labios.

–Para los clientes, este fin de semana lo soy.

–¿Te he dicho cuánto me gusta el color rosa?

–No, no me lo has dicho –contestó Olivia–. Pero no tenemos tiempo para hablar de eso ahora. Tengo que servir una cena y no pienso dejar que se me queme nada.

–No, claro. Hay que tener cuidado con esas cosas.

Ella levantó una ceja perfecta.

–Creo que lo mejor sería que te dieses una ducha.

Mac asintió con la cabeza.

–Sí, querida –murmuró, antes de subir las escaleras de dos en dos. Tenía razón. Necesitaba una ducha, una ducha fría. De hecho, casi sería mejor que saliera al jardín y se tirase de cabeza sobre la nieve.

Harold DeBold era una de esas personas que caía bien inmediatamente. De unos cuarenta años, alto y delgado, tenía el pelo rubio y los ojos tan azules que parecían grises. Tenía aspecto de surfero, siempre relajado y alegre.

Su mujer, Louise, por otro lado, una chica morena de ojos oscuros, era mucho más sofisticada. Pero parecía sincera cuando, al saber que Olivia sería su chef ese fin de semana, actuó como si fuera lo más normal del mundo. Claro que, siendo una mujer sofisticada, era lo más lógico. Y también le gustó que Olivia fuese a cocinar platos típicos de Minnesota para ellos.

–Durante días sólo he comido foie gras, caviar y tinta de calamar. Estoy harta.

–Llevamos una semana en Nueva York –explicó Harold.

Estaban esperando a su abogada y al marido de ésta en el cuarto de estar, que había sido completamente transformado en un salón de aspecto masculino, pero agradable y cálido. Como toque personal, Olivia había añadido unas lucecitas en el jardín que podían verse a través de la pared de cristal.

–¿Habéis estado en Manhattan durante una semana y no habéis probado la pasta? –sonrió Mac, mientras servía el vino.

–Desgraciadamente, no –contestó Louise.

–La próxima vez que vayáis a Nueva York, avisadme. Hay un restaurante en Little Italy al que tenéis que ir. Sirven la mejor pasta *puttanesca* del mundo. Por no hablar de la berenjena con queso parmesano... para chuparse los dedos.

–Queso –rió Harold–. La gente de ciudad cree que lo único que comemos los de Wisconsin es queso, así que se niegan a llevarnos a ningún sitio donde lo sirvan. En lugar de eso, nos llevan a restaurantes de nombres impronunciables y comida irreconocible.

Olivia les ofreció una bandeja de entrantes.

–Bueno, lo que vais a comer esta noche es fácil de pronunciar.

–Gracias a Dios.

Harold tomó uno de sus famosos *vol au vent* de queso y jalapeño envueltos en beicon y prácticamente dejó escapar un suspiro.

–Qué rico. Si esto es una pista de cómo vamos a cenar esta noche, puede que no te deje marchar nunca.

–Estas tartitas de tomate y albahaca están buenísimas –anunció Louise.

–Gracias.

–¿Dónde aprendiste a cocinar?

–Fui a una escuela de cocina y luego trabajé con varios chefs antes de abrir mi propia empresa.

–¿Y qué clase de empresa es? –preguntó Harold–. ¿Una empresa de catering?

–No exactamente. Tengo dos socias. Nos dedicamos al catering, la decoración, organizamos fiestas... en realidad, ofrecemos todo tipo de servicios.

–Y tus clientes son hombres que no tienen ni idea de qué hacer en una casa, claro. Ah, perdona, Mac, no me refería a ti.

–No te preocupes –sonrió él–. Sé cuáles son mis habilidades y no tienen nada que ver con la cocina.

–A mí me pasa lo mismo –suspiró Louise.

–En realidad, sólo es cuestión de práctica –la animó Olivia.

–Lo ha intentado, de verdad –suspiró Harold.

–¡Oye! –lo regañó su mujer.

El timbre sonó en ese momento y Mac se levantó.

–Deben de ser Avery y su marido.

Cuando salió de la habitación, Harold se volvió hacia Olivia.

–Mi abogada y su marido son gente estupenda. Y, normalmente, son muy puntuales.

–Bueno, esta noche no tenemos prisa –sonrió ella.

–Me gusta esa actitud –dijo Louise, tomando otra tartita de tomate–. Acabamos de saber que Mac fue a la universidad con Tim. Eran compañeros de hermandad o algo así.

–¿Tim? –repitió Olivia.

Louise podría haber contestado, pero no la oyó. Toda la sangre se le había subido a la cabeza. Tim... no podía ser él.

–Siento llegar tarde –oyó entonces una voz que reconoció de inmediato. Intentó tragar saliva, pero no era capaz. ¿Qué tenía en la garganta? No podía darse la vuelta. Tim se acercaba y ella no podía moverse del sofá.

–Avery no sabía qué ponerse.

–No me culpes a mí, Tim Keavy, ha sido culpa tuya. Había un partido de los Vikings en televisión.

–Qué típico –rió Mac–. Avery, Tim, os presento a nuestra asombrosa chef.

No... Olivia no quería volverse.

–¿Olivia?

No estaba preparada.

–¿Olivia? –volvió a llamarla Mac, sorprendido.

Con el corazón latiendo a toda velocidad, Olivia se volvió para ver a la única persona en el mundo que conocía su secreto… el chico que, nueve años antes, había descubierto una aventura entre un profesor y su alumna.

El chico que había hecho que Olivia Winston se sintiera como una cualquiera desde aquel día.

Capítulo Diez

Por un momento, Mac se preguntó si Olivia estaba teniendo un ataque de ansiedad. Su rostro estaba tan blanco como la nieve que había en el jardín y tenía los ojos muy brillantes, como si estuviera a punto de llorar.

¿Qué le estaba pasando?, se preguntó. ¿Los DeBold le habrían dicho algo desagradable? La rabia que lo invadió al pensar que pudieran haber sido antipáticos con ella le sorprendió por completo.

Proteger a la hija de Owen Winston no entraba en sus planes.

Entonces vio a Tim mirándola con una expresión… ¿de desprecio? Era la expresión que reservaba para la gente que no hacía su trabajo como él esperaba, desde empleados de la oficina al camarero que seguía poniéndole nata en el café. Mac no entendía nada.

–Vaya, Olivia Winston. Qué pequeño es el mundo.

–Microscópico –dijo ella–. Hola, Tim.

–¿Os conocéis? –preguntó Mac.

–Fuimos juntos al instituto.

–Qué gracioso –rió Louise que, evidentemente,

no se daba cuenta de lo incómodos que estaban–. ¿Conociste a Olivia en el instituto y a Mac en la universidad?

–Eso es –respondió Tim.

Mac observó a Olivia mientras, con una sonrisa forzada, se acercaba a Tim y a su esposa para estrechar su mano.

–Hola, soy Olivia. Bienvenidos.

–Avery Keavy. Encantada de conocerte –Avery tenía suficiente sentido común como para saber que debía cambiar de tema–. Siento haber llegado tarde.

Olivia tomó una bandeja y les ofreció unos champiñones rellenos.

–No pasa nada. La cena está casi lista. De hecho, voy a comprobar cómo va. Si me perdonáis un momento…

–¿Necesitas ayuda? –preguntó Mac.

–No, lo tengo todo controlado. Gracias, señor Valentine.

Mac nunca había visto a nadie mirarlo con tal revulsión, pero no sabía qué la había provocado. La tensión continuó durante toda la cena. Los DeBold y los Keavy no parecían darse cuenta, pero él sí. Mientras Olivia servía una carne deliciosa, se preguntaba qué demonios habría pasado. No podía ser Tim… ¿qué más daba que lo hubiera conocido en el instituto?

Tendría que preguntarle a su amigo, pensó. Porque Olivia no iba a darle ninguna información, seguro.

–El pastel de nueces es uno de mis postres favoritos –estaba diciendo Harold.

–Me alegro. ¿Quieres un poco más? ¿Y tú, Louise?

–Por supuesto –contestó ella, levantando su plato.

–Yo también quiero –sonrió Avery–. Y no pienso disimular.

Mac estaba demasiado distraído como para encontrar humor en la situación. Cuando debería estar vendiéndose para conseguir que los DeBold contratasen los servicios de su empresa, estaba mirando a Olivia, preguntándose qué le pasaba y cómo podía arreglarlo. Y eso le molestaba enormemente. ¿Por qué le importaba que estuviera enfadada con él?

Después del pastel, Avery les dio las gracias a Olivia y a Mac por su hospitalidad pero, de forma muy poco sociable, dijo que ellos tenían que marcharse. Los DeBold, cansados del viaje, decidieron retirarse temprano.

La cena había sido un éxito. Los DeBold estaban encantados y ése era el primer paso para añadirlos a su cartera de clientes. Y con Harold y Louise en la cama, tenía que lidiar con Olivia, que se había ido a la cocina en cuanto las dos parejas desaparecieron.

Cuando entró, ella estaba aliviando su furia con una bandeja.

–Una cena estupenda.

–Sí, creo que se han quedado impresionados –dijo Olivia, sin mirarlo.

–Eso espero.

–Están a punto de picar el anzuelo.

–¿Necesitas ayuda? –preguntó Mac, pasando por alto el sarcasmo.

–No.

–¿Vas a decirme por qué estás tan enfadada conmigo?

Olivia dejó la bandeja y se volvió hacia él, sin esconder la rabia y la desilusión que había en sus ojos.

–Sabía que querías castigar a mi padre y usarme en el proceso. Pero no tenía ni idea de lo lejos que podías llegar.

–¿De qué estás hablando?

–Por favor, no finjas que no lo sabes.

–Es que no lo sé.

–Tim Keavy.

–¿Qué pasa con Tim?

Olivia sacudió la cabeza.

–Venga, por favor…

–No te entiendo.

–No te hagas el inocente. Eres un tiburón y estás orgulloso de ello.

–Estás loca, chica –Mac apretó los dientes–. Lo único que sé es que fuisteis juntos al instituto.

–Ya, claro. ¿Crees que sacando a la luz mi sórdido pasado mi padre se echará a atrás? ¿Que te pedirá disculpas? Eso no va a pasar nunca. Mi padre es más testarudo que yo –le espetó Olivia, saliendo de la cocina.

–¿Adónde vas?

–A mi habitación.

–¿No te marchas?

–Voy a hacer este trabajo como hago los demás: aportando toda mi experiencia. Si lo que quieres es arruinar la reputación de mi padre, junto con la mía, no pienso darte munición alguna.

–No entiendo lo que dices... –Mac la siguió escaleras arriba y vio que, afortunadamente, había elegido una habitación lejos de los DeBold.

–Espera...

–Buenas noches –lo interrumpió Olivia.

Pero cuanto intentó cerrar la puerta, él no la dejó.

–Mira, no puedes decirme esas cosas y luego dejarme con la palabra en la boca.

–¿Qué quieres decir, Valentine? ¿Que no sabías que tu mejor amigo me conocía?

–Eso es exactamente lo que iba a decir.

–No te creo.

–Da igual que me creas o no, es la verdad.

–Para humillarme y hacerle daño a mi padre vas a necesitar algo más que echarme en cara pasados errores, Valentine.

–Yo no pienso hacer eso.

–Mentira.

–Me da igual tu pasado.

–¡Pero a mí no! –gritó ella, su voz rompiéndose de emoción–. Odio esa parte de mi vida.

–No te disgustes, Olivia –murmuró Mac, sintiéndose culpable por primera vez.

Aquello no podía pasar. Debería alegrarse de haber encontrado un punto negro en su pasado y, sin embargo, no era así.

–A mí me da igual lo que haya pasado en tu vida y a ti debería importarte lo mismo –dijo, tomándola entre sus brazos–. No hay nada malo en esto –murmuró luego, acariciando su espalda–. Ni en esto –Mac inclinó la cabeza para besar su cuello–. No hay nada de qué avergonzarse, Olivia.

–No lo entiendes –dijo ella, echando la cabeza hacia atrás.

–Pues ayúdame a entenderlo.

–No puedo... me hice una promesa a mí misma...

–¿Cuando eras una cría?

–Sí.

–Pero ahora eres una mujer –musitó Mac, mordisqueando su oreja–. Todo es diferente.

Al oír esas palabras, Olivia se quedó inmóvil.

–Ésa es la cuestión –dijo con voz ronca–. Nada es diferente. Nada en absoluto. Me niego a cometer más errores con hombres que sólo quieren...

No terminó la frase, se limitó a sacudir la cabeza.

–Olivia...

Ella se apartó.

–Dos días más, eso es todo lo que vas a conseguir de mí. Así que haz lo que tengas que hacer porque después del fin de semana se acabó. Se acabó conmigo y se acabó con mi padre.

–Eso ya lo veremos –replicó Mac, antes de darse la vuelta.

Capítulo Once

Y la ganadora del concurso a la peor noche de su vida era... Olivia Winston.

Olivia, con mucho cuidado, echó un huevo en el hueco que había creado dentro de un bollo. Tres tazas de café y lo único que quería era volver a la cama. Pero no porque estuviera cansada sino para esconderse.

Había pensado que aquel trabajo sería fácil y lo estaba pasando fatal. Había subestimado a Mac y su deseo de vengarse de su padre. Y había sobrestimado su fuerza de carácter. Quería saber hasta dónde podía llegar Mac Valentine para vengarse de su padre y, básicamente, le había dado todas las armas que necesitaba.

Suspirando, le dio la vuelta al panecillo. Para empeorar las cosas, no podía negarse a sí misma que le gustaba Mac. Y mucho.

Sintió que entraba en la cocina sin volverse siquiera y le habría gustado darse de bofetadas por el deseo de volver a verlo.

–Buenos días.

–Buenos días.

Estaba muy guapo aquel sábado por la mañana, con un chándal oscuro y el pelo despeinado…

–¿Has dormido bien?

–No. ¿Y tú?

–Yo sí.

–Sí, claro, los hombres duermen pase lo que pase. Apagáis el cerebro… qué suerte.

–Quizá apagamos el cerebro, pero nada más. En serio, sigo preguntándome qué pasó anoche.

–Yo también. Mira, Mac, no sé si creo lo que me dijiste… que no sabías que Tim y yo nos conociéramos, pero estoy harta de preocuparme. Me he pasado demasiados años preocupada por el pasado. ¿Podemos olvidarnos de todo y concentrarnos en lo que intentas conseguir con los DeBold?

–¿Olvidarnos de todo?

–Sí. ¿Crees que puedes hacer eso?

–¿De verdad crees que tú puedes hacerlo? –le preguntó él.

Antes de que Olivia pudiera contestar, Harold y Louise entraron en la cocina.

–Buenos días –los saludó Harold.

–Buenos días –contestó Mac–. ¿Habéis dormido bien?

–Perfectamente. Algo huele muy bien, pero eso no me sorprende nada.

Olivia miró a Mac, que estaba mirándola a su vez, y luego se volvió hacia los invitados.

–Huevos en panecillo caliente, beicon y un buen café.

–¿Estás intentando engordarnos? –bromeó Louise.

–Por supuesto –contestó ella, poniendo dos tazas de café sobre la mesa–. Y espero que esto os dé energía suficiente para lo que tengo planeado.

–¿Y qué has planeado? –preguntó Mac.

–Ir a patinar sobre hielo.

Mac estuvo a punto de atragantarse con el café.

–¿A patinar sobre hielo?

–A patinar sobre hielo.

–¿Has oído eso, Harold? –rió Louise.

–Lo he oído, lo he oído.

Dando palmaditas como una niña, Louise gritó:

–¡Hace siglos que no patino!

–Entonces, quizá no sea tan buena idea… –empezó a decir Mac.

–¿Cómo qué no? Es perfecto. En nuestra primera cita, Harold y yo fuimos a patinar a un lago… detrás de la finca de mi abuelo. ¿Te acuerdas, cariño?

–Claro que me acuerdo –sonrió su marido–. Has hecho muy feliz a mi mujer, Olivia. Gracias.

–De nada. Bueno, vamos a desayunar.

Mientras los DeBold comentaban la excursión, ella se acercó a Mac y le dijo al oído:

–Tienes cara de susto.

–Y tú tienes cara de felicidad.

Riendo, Olivia tomó sus panecillos con huevo y los colocó en una bandeja.

–Ir a patinar sobre hielo es una idea estupenda. Ah, y luego he organizado una merienda…

–Yo no sé patinar –protestó Mac.

–Bueno, pues entonces has tenido suerte. Porque yo soy una profesora estupenda.

A Mac siempre se le habían dado bien los deportes. No los que se practicaban en el colegio porque había que pasar más de un año en el mismo para estar en algún equipo y él había ido de casa en casa. Pero, jugando al baloncesto y al fútbol en la calle era el mejor. Pero patinar sobre hielo, o sobre cualquier otra superficie, era como intentar entender el alemán cuando uno sólo hablaba español.

Sin embargo, se lanzó de cabeza a la pista de hielo... o más bien, con los pies por delante. Tardó unos veinte minutos en encontrar el equilibrio, pero después de eso se convirtió en un demonio sobre las cuchillas. Incluso organizó un partido de hockey con Harold y un grupo de chicos.

Una hora después, agotado, se reunió con Olivia, que también se había cansado de hacer piruetas con Louise. Iba vestida de blanco y estaba guapísima.

–Bueno, parece que esto no se te da nada mal.

–¿Tú crees?

–Lo has hecho muy bien, Valentine. Estoy impresionada.

En lugar de reírse, Mac sintió algo por dentro, como si hubiera comido un producto caducado. Y sabía exactamente qué era esa sensación... la había experimentado una o dos veces en su vida y le preocupaba. Porque le gustaba aquella mujer.

Tenía que librarse de esa sensación, se dijo, antes de hacer alguna estupidez... como olvidar sus planes de vengarse. Tenía una noche más, una, para meterla en su cama.

–Y yo también estoy impresionado contigo.

–¿Qué quieres decir?

–Que no sólo patinas muy bien –contestó Mac, señalando a los DeBold–. Los has hecho felices.

–Sí, es verdad.

–Qué curioso que eligieras hacer hoy justo lo que ellos habían hecho durante su primera cita.

–No es curioso en absoluto.

–¿Lo sabías?

–Sí.

–¿Cómo?

–Tengo mis fuentes.

Mac sacudió la cabeza. Aquella mujer era increíble. No sabía hasta dónde iba a llegar para ayudarlo. Una pena que no pudiera ofrecerle un puesto en su empresa.

–¿Cómo has podido enterarte de algo así? Algo tan personal.

–De verdad no sabías a quién estabas contratando, ¿verdad? –rió Olivia–. Qué hombre tan tonto.

–Quizá no, pero ahora me doy cuenta.

–¿Ah, sí?

–Sí. Creo que eres una profesional estupenda... y que serías una esposa magnífica.

–Gracias.

–Y si yo no estuviera absolutamente en contra de las uniones legales, sentiría la tentación de pedirte que te casaras conmigo.

Olivia rió de nuevo, tomándoselo a broma. Aunque Mac no estaba tan seguro.

–Eso es muy halagador, pero sabes que te diría que no.

–¿De verdad?

–Sí.

–Quieres que te pregunte por qué, ¿no?

–No.

–Muy bien. ¿Por qué?

Olivia se volvió para mirarlo. El humor había desaparecido de sus ojos.

–¿Qué? Dilo.

–No creo que tú fueras un buen marido.

–Bueno, no lo sé. Anoche pensé…

–Eso era pasión, deseo.

–¿No se puede tener pasión y deseo en un matrimonio?

–Sí, claro, pero eso es sólo un parte –contestó ella, señalando a los DeBold. Harold parecía un idiota mientras daba vueltas con su mujer por el hielo. Un idiota enamorado.

–Míralos. Son amigos, compañeros. Se gustan el uno al otro.

Mac apretó los labios. No quería admitirlo en voz alta, pero le gustaba Olivia. Y estaba seguro de que formaban un equipo estupendo.

–Vienen hacia aquí –dijo ella entonces–. Y seguro

que, después de varias horas haciendo ejercicio, están muertos de hambre.

–Yo lo estoy –asintió Mac, sin dejar de mirarla.

Olivia sacudió la cabeza, irónica. Pero el brillo de sus ojos... era el mismo que había visto la noche anterior, mientras la besaba.

Al infierno la amistad. Quizá lo que había entre ellos no duraría, pero era real. Tarde o temprano, ella lo aceptaría. Y si tenía suerte, ese momento sería esa misma noche.

A las cuatro de la tarde, Olivia recibió malas noticias. Estaba en la cocina, cortando pechugas de pollo cuando Mac anunció:

–Harold y Louise quieren que invitemos a los Keavy a tomar una copa después de cenar.

Olivia siguió cortando el pollo, pero con más vigor.

–Muy bien.

–Avery es su abogada y supongo que hablaremos de trabajo esta noche. Y necesito que sea así. Se marchan mañana y...

–No tienes que darme explicaciones, Mac –lo interrumpió ella, sin mirarlo–. Ésta es tu casa. No necesitas permiso para invitar a quien te parezca.

–Lo sé –suspiró él, pasándose una mano por el pelo–. Pero me importan tus sentimientos aunque no lo creas.

–No tienes que preocuparte por mí. Soy una profesional. No dejaré que mis sentimientos me distraigan de mi trabajo. Estoy aquí para trabajar, exclusivamente.

–¿Vas a contarme qué pasó con Tim? ¿Te trató mal, no apareció en una cita? ¿Se te echó encima durante una cita en el instituto? ¿Qué demonios pasó entre vosotros, Olivia?

–Nada.

–Mira, estoy intentando ser sensible porque me doy cuenta de que te molesta mucho su presencia... pero pasó en el instituto. Hace siglos de eso.

–Tienes que dejar de hacer preguntas, Mac. Esto no es asunto tuyo.

–Lo sé, pero si interfiere...

–Ya te he dicho que no va a interferir. Esta noche seré la perfecta anfitriona. Ayer me pilló por sorpresa, eso es todo.

Mac parecía a punto de decir algo, pero después de un momento se volvió para salir de la cocina.

Pensando que se había ido, Olivia se tapó la cara con las manos. Lo único que quería era tirar los ingredientes a la basura y marcharse a casa. Olvidarse de Tim, de Mac...

–Olivia...

¡Mac! ¿Por qué no se había ido?

–No pasa nada. Es que estoy un poco cansada.

–Vamos, por favor. No saldrá de aquí, te lo aseguro. Te juro que no usaré nada de esto contra ti. Pero cuéntamelo, estoy preocupado.

Olivia se derritió al ver sus ojos oscuros llenos de angustia. Casi podría creer que era genuina.

–Cuéntamelo –insistió Mac, tomándola por la cintura.

Quizá sería más fácil si lo supiera, pensó. Entonces todo habría salido a la luz, no tendría que buscar información a sus espaldas. Pero una parte de ella no quería que lo supiera, no quería que la viese como la había visto Tim, como quizá seguía viéndola: una chica fácil tan deseosa de sexo que se había acostado con su profesor.

–Tim sabe algo sobre mí –empezó a decir, apoyando la cabeza en su hombro–. Un error que cometí en el pasado. Y no me lo puso fácil, dejémoslo así.

No podía contarle nada más.

–¿Eso es todo?

–Sí.

–No te creo.

Olivia dio un paso atrás.

–Perdona, pero tengo que preparar un plato de pollo.

–Olivia...

–Todo irá bien esta noche, Valentine.

–¿Estás segura? –murmuró él, acariciando su mejilla.

El roce era tan tierno que habría querido echarle los brazos al cuello y suplicarle que la ayudase a olvidar un pasado que no se podía cambiar. Pero eso tenía que hacerlo ella sola. Si quería sentirse cómoda con los hombres y con el sexo otra vez, tenía que lidiar con el pasado ella misma.

–Y ahora, quiero que salgas de mi cocina y vayas a atender a tus invitados. Es tu última oportunidad de impresionar a los DeBold y yo voy a asegurarme de que lo haces.

Mac la miró, muy serio.

–Es su última noche y tu última noche.

Olivia se volvió de nuevo hacia la encimera y se puso a trabajar. No sabía cuándo se había ido de la cocina, pero cuando se volvió para sacar la rúcula de la nevera, Mac había desaparecido.

Capítulo Doce

Lo más asombroso de Olivia Winston era que, una vez que había tomado la decisión de que alguien o algo no le importase, le resultaba fácil hacerlo. Cuando Tim y Avery se reunieron con ellos para tomar una copa y jugar al Pictionary, se olvidó de los nervios y se convirtió en la profesional que era. Estaba en su elemento: una reunión familiar y agradable con buenos postres y algunos licores para que todo el mundo lo pasara bien. Tim y ella consiguieron ignorarse el uno al otro y los DeBold se mostraban encantados con la reunión.

En resumen, un éxito.

–Lo hemos pasado estupendamente –dijo Louise, tomando un sorbito del ron caliente que había preparado Olivia.

–Ha sido un fin de semana estupendo, Mac –sonrió Harold.

–Muchas gracias. Ha sido un placer teneros aquí. Quizá podríamos hacerlo otra vez, en verano.

–Es posible. Es posible –sonrió Harold.

Tim se excusó en ese momento para salir al porche a fumar un puro y Olivia respiró más tranquila.

–¿Habéis ido al teatro en Nueva York? –le preguntó a Louise.

–Ah, sí, fuimos a ver una obra en la que todo el mundo salía desnudo…

Entonces vio que Mac salía del salón… para reunirse con Tim, seguramente.

Se le encogió el estómago, pero se obligó a sí misma a concentrarse en lo que Louise le estaba contando.

Él era un hombre. Un hombre testarudo que iba a por lo que quería sin pensar en las consecuencias. Y ahora mismo quería respuestas.

Sabía dónde estaba Tim, en el porche de la cocina, y fue allí directamente.

–No podía soportar los puros en la universidad y sigo sin soportarlos.

–Entonces, ¿qué haces aquí? –sonrió su amigo, saltando de un pie a otro para entrar en calor.

–Tengo que hablar contigo.

–¿Sobre qué? –preguntó Tim.

–Sobre ella. ¿Qué sabes de Olivia?

–¿Qué? ¿Quién?

–Olivia –repitió Mac, impaciente–. En el instituto. ¿Que pasó entre vosotros?

–Venga hombre…

–Cuéntamelo.

–No quiero hablar de eso –murmuró Tim, tirando el puro sobre la nieve.

–Vas a hablar de eso. O te hago recuperar el puro con los dientes.

Tim soltó una carcajada.

–¿Y esa violencia? –intentó bromear, pero Mac estaba muy serio–. En fin, bueno, fue hace mucho tiempo. Un día salía de entrenar y estaba buscando unas cosas en mi taquilla cuando oí ruido en una de las aulas. Era tarde, más de las cinco... Pensé que era una pareja metiéndose mano, ya sabes. Entré de golpe para darles un susto, pero no era una pareja normal. Era Olivia.

–¿Y?

–Y el profesor de matemáticas.

Mac soltó una palabrota.

Ahora entendía que Olivia se sintiera avergonzada. Pero todo el mundo hacía tonterías durante la adolescencia...

–Pero no lo entiendo. ¿Por qué está tan enfadada contigo?

Tim dejó escapar un largo suspiro.

–Porque... no me guardé la noticia para mí mismo exactamente.

–¿Qué? ¿Se lo contaste a alguien?

–A bastante gente, la verdad. Resultaba divertido... estábamos en el instituto, Mac. Si no puedes poner verde a la guarrilla del instituto...

Él lo fulminó con la mirada.

–¿Qué la has llamado?

–Venga hombre, que fue hace mucho tiempo.

Mac miró a Tim como si estuviera viéndolo por primera vez. Y le parecía un imbécil.

–Fue hace mucho tiempo, pero por lo visto tú no has crecido. Quiero que te marches, Keavy.

–¿Qué?

–Ahora mismo.

–Lo dirás de broma.

–No, lo digo completamente en serio.

–No te entiendo –murmuró Tim, perplejo–. ¿A ti qué te importa? Es tu empleada, no tu... –entonces lo miró, boquiabierto–. ¡No me lo puedo creer!

–No sigas –le advirtió Mac.

–Te gusta. Olivia te gusta. No te había visto colado por una mujer desde... iba a decir desde la universidad, pero entonces tampoco estabas colado por nadie.

Mac hizo una mueca.

–Vete buscando una excusa para Avery porque te vas de mi casa en cinco minutos.

–Pero, hombre, entonces éramos unos críos...

–Eso ya me lo has contado –lo interrumpió Mac, dejando a su antiguo amigo en el porche.

–Door County es el sitio más bonito del Medio Oeste. El paisaje es una maravilla. Es un sitio donde todo el mundo se habla con los vecinos, donde nadie se mete en tu negocio... es mi sitio, desde luego. Compramos una parcela hace seis años y en ella construimos la casa de nuestros sueños –suspiró Louise, tomando un sorbo de ron–. Viajar está bien, siempre es una aventura, pero nada es mejor que volver a casa, ¿sabes?

Olivia asintió, aunque ella no pensaba lo mismo sobre su piso de dos habitaciones. Sí, era muy alegre y tenía una cocina decente, pero no era exactamente la casa de sus sueños.

–¿Cuándo volvéis, Louise? –preguntó Avery, enroscada como un gato rubio en el sofá, mientras Harold inspeccionaba un libro sobre arquitectura.

–Mañana por la mañana. Queremos empezar a decorar la casa. A Harold y a mí nos encantan los árboles de Navidad. Vamos a comprarlos nosotros mismos y elegimos uno para cada habitación.

–¿Para cada habitación? –repitió Olivia, incrédula.

Louise soltó una carcajada.

–Sí, ya sé que es un poco raro...

–Es estupendo –dijo Avery–. Ese olor a pino por todas partes...

–Este año toda la familia de Harold vendrá a pasar las Navidades a casa. Tiene una familia enorme... que lo critica todo.

–Te estoy oyendo, cariño –le advirtió su marido, pasando las páginas del libro–. Estoy aquí mismo.

–Siempre se meten conmigo porque no sé cocinar –siguió Louise–. Así que este año he decidido organizar una cena de Acción de Gracias que los va a dejar helados. Aunque, la verdad, no sé cómo voy a hacerlo. Al contrario que tú, Olivia, en la cocina soy un desastre.

–No es difícil –le aseguró ella. Cualquiera podía aprender a cocinar, pero una cena familiar en Acción de Gracias no era precisamente el mejor momento para empezar–. Cuanto más sencillos los platos, mejor. Lo único que necesitas son un par de recetas.

–¿Un par de recetas? –repitió Louise, poniendo cara de susto.

Olivia soltó una carcajada.

–Antes de que te marches podría darte un par de lecciones de cocina y…

De repente, el rostro de Louise DeBold se iluminó.

–¡Qué buena idea!

–Muy bien. Nos vemos en la cocina alrededor de…

–No, no es eso lo que quería decir.

–¿Cómo?

–A partir de mañana ya no trabajas para Mac, ¿verdad?

–Pues… no.

–Entonces, tienes que venir con nosotros a Door County.

–¿Qué?

Louise parecía tan feliz como una niña con los proverbiales zapatos nuevos.

–Quédate durante unos días con nosotros y me enseñas a cocinar. La cocina es genial y tengo todo tipo de aparatos… aunque no sé cómo usarlos.

Atónita, Olivia murmuró:

–Pues no sé…

–¿Por qué no? –intervino Harold–. Tú sueles viajar por trabajo, ¿no?

–Sí, claro, pero...

–¿No podrías ampliar tu lista de clientes e incluir a una mujer que no tiene ni idea de lo que hay que hacer en la cocina? –le suplicó Louise.

Olivia miró de uno a otro. Los dos estaban sonriendo como niños. ¿Por qué no iba a hacerlo? Había terminado con Mac y le encantaría ir a Door County. Además, sería estupendo para su negocio.

–Muy bien. Tendré que mirar mi agenda para ver si tengo algo urgente, pero si no, soy toda vuestra.

–Genial –sonrió Louise, volviéndose hacia su marido–. Voy a hacer que tu familia deje de reírse de mí.

–No se ríen de ti, cariño.

Mac entró en el salón en ese momento.

–Avery, tu marido no se encuentra bien. Será mejor que te lo lleves a casa.

–¿Qué?

–Tim tiene que irse.

Olivia lo miró, sorprendida. ¿Qué había pasado entre los dos hombres para que Mac pareciese tan enfadado? ¿Qué le habría dicho?

–Está esperándote en la puerta –dijo bruscamente.

–Ah, muy bien –Avery, sorprendida, se levantó del sofá y se despidió a toda prisa.

–Parece que estabais celebrando algo –dijo Mac después.

–¿Tim se encuentra bien? –preguntó Olivia.

–Se pondrá bien –contestó él–. Bueno, ¿qué me he perdido?

–Estábamos hablando de la familia de Harold. Se van a quedar de piedra cuando les sirva una fabulosa cena de Acción de Gracias.

–Mi mujer ha contratado a Olivia para que le enseñe a cocinar –lo informó Harold.

–¿Ah, sí?

–Podría ser, si estoy libre –dijo ella.

Mac no parecía contento, pero no sabía por qué. ¿Sería por su discusión con Tim o porque iba a trabajar con los DeBold?

–¿Va a enseñarte a cocinar aquí, en Minneapolis?

–No, en Wisconsin –sonrió Louise–. Va a pasar unos días con nosotros.

–¿Cuándo os vais?

–Mañana.

–No –Mac pronunció ese monosílabo con tal sequedad que todos se quedaron estupefactos.

–¿Qué pasa? –preguntó Olivia

–Tú y yo tenemos cosas que hacer todavía.

–¿Eh?

Harold se aclaró la garganta.

–Lo siento, Mac. No lo sabíamos.

Fue entonces cuando Mac Valentine se dio cuenta de que estaba poniéndose en contra a unos posibles clientes. A sus mejores clientes, quizá.

–No, no –intentó reír–. Soy yo quien lo siente. Tengo tanto trabajo que no he podido hablar con Olivia...

–Bueno, es por eso por lo que aceptamos venir aquí. Y por lo que estamos considerando la idea de contratar a tu empresa. Porque nos han dado buenas referencias.

–Mi nuevo proyecto con Olivia no tiene por qué empezar inmediatamente. Pero me gustaría hablar con vosotros, enseñaros los planes que tengo para vuestro futuro. ¿Tenéis sitio para uno más en Door County?

A Harold pareció gustarle la idea porque asintió con la cabeza.

–Así matamos dos pájaros de un tiro, ¿no?

–Eso es.

Olivia, sentada frente a la chimenea, echaba humo por las orejas. No le gustaba que Mac se hubiera metido en medio, pero antes de que pudiera decir nada, Harold empezó a hacer planes.

–Muy bien. Entonces, mientras las chicas están en la cocina...

–Oye, guapo –lo regañó su mujer, sentándose a su lado en el sofá–. Cuidado con añadir «donde deben estar» al final de esa frase.

–Nunca, cariño –le aseguró él, antes de volverse hacia Mac–. Mientras las chicas están en la cocina haciendo un complot contra mi familia, tú y yo podemos ir a pescar y hablar sobre cómo vas a hacernos más ricos de lo que somos.

–Más ricos, con más seguridad.

Harold DeBold sonrió, satisfecho.

–Eso me gusta.

Olivia sabía que tenía cero control sobre su futuro inmediato. Los DeBold habían encontrado la situación perfecta. De modo que se levantó y empezó a recoger los platos, sabiendo muy bien que Mac estaba observándola, sintiéndose triunfador, como si así tuviera más tiempo para llevarla a la cama.

Y, por mucho que quisiera negárselo a sí misma, esa idea aceleraba su corazón.

Lo único que podía salvarla ahora era que sus socias tuvieran un encargo esperándola.

Capítulo Trece

La charla sobre la fiesta de compromiso de Mary terminó cuando Olivia entró en la moderna cocina de Sin Alianza y anunció sus planes de irse a Door County al día siguiente. Sentadas a la mesa, Mary y Tess escucharon mientras ella les explicaba que iba a Wisconsin para enseñarle a Louise DeBold a cocinar y que Mac Valentine iría con ella.

Mary tomó su taza de té e intentó ser racional.

–Muy bien. Personalmente, creo que es estupendo incluir mujeres en nuestra cartera de clientes. Pero…

–Yo terminaré la frase por ti –la interrumpió Tess, sujetándose el pelo en una coleta–. El hecho de que tu cliente, el señor Valentine, vaya contigo, es más que raro.

–Lo sé, pero Harold DeBold quiere conocer sus planes para la empresa antes de firmar con MCV Corp. Así que ya veis, en realidad son dos cuestiones diferentes. Yo voy a trabajar con Louise mientras Mac trabaja con Harold.

–Ya.

–Irse de la ciudad… y alojarse en la misma casa me parece un problema –opinó Mary.

–¿Por qué?

–Si estás fuera de tu elemento y te sientes atraída por alguien… ¿te sientes atraída por Mac, Olivia?

–Me niego a contestar –dijo ella–. Si lo hago, ésta me dará un puñetazo –añadió, señalando a Tess.

La pelirroja puso una mano sobre su hombro.

–Yo soy una persona justa. Al menos dejaré que te des la vuelta antes de empezar a darte patadas.

Mary soltó una carcajada.

–Esto será culpa vuestra, bonitas –protestó Olivia.

–¿Cómo?

–Alguien debería haberme buscado un encargo. Así podría decirles que no.

–A lo mejor lo que tienes que hacer es decirle a Mac Valentine que no y ya está.

–Sí, claro. Pero es que esto nos conviene a las tres –les recordó Olivia.

–Sí, eso es verdad.

–Además, yo voy a estar en la cocina con Louise mientras Harold y Mac se van a hacer agujeros en el hielo para pescar o algo así.

Tess y Mary siguieron dando su opinión, como era lo habitual, durante todo el día. Y luego, cuando volvió a casa para hacer la maleta, la llamada de su padre no le animó en absoluto.

–Mi secretaria me ha dicho que has llamado a la oficina. Estás loca si te vas con ese hombre, hija –le espetó Owen Winston.

–Papá, yo no te he llamado para pedir consejo. Te llamé para decir que iba a estar fuera de la ciudad durante unos días.

–¿En casa de los DeBold, con Mac Valentine? Door County es un sitio para parejas de vacaciones. ¿No sabías eso?

Sí, lo sabía y probablemente le preocupaba más que a él, pero no pensaba decírselo.

–¿Te importaría pasar por mi apartamento para darles de comer a los peces?

Owen dejó escapar un suspiro.

–No, claro. Los pobres no tienen por qué sufrir.

–¿Heriría tu masculino orgullo si te digo que estás actuando como una actriz dramática, papá?

–Livy, dime que ese canalla no te interesa.

–No me interesa.

–Me alegro. Y dime que no...

–Papá, por favor. Ya está bien.

Quizá ya estaba bien, sí. Aquélla podría ser la oportunidad de contarle lo que había pasado en el instituto. De ese modo, si algún día Mac decidía utilizarlo contra ella no pillaría a su padre por sorpresa.

–Lo siento, Livy –suspiró Owen entonces, con tristeza–. Es que te quiero mucho y sólo quiero...

–Lo mejor para mí, ya lo sé –lo interrumpió Olivia, mordiéndose los labios.

No sabía cómo empezar... y entonces recordó la promesa de Mac de no usar su pasado contra su padre. Ésa era la excusa perfecta para no contarle nada. O, al menos, para dejarlo hasta que estuviesen cara a cara.

Metiendo un par de jerséis en la maleta, Olivia se despidió:

–Te quiero mucho, papá. Nos vemos el jueves.

Capítulo Catorce

Mac tenía una regla de oro: si iba a estar en el aire más de una hora, siempre viajaba con Gulfstream. El avión privado de los DeBold era más pequeño, pero muy cómodo. Aunque sentía curiosidad por saber cómo se portaría una vez en el aire, ya que los aviones de ocho asientos podían ser un poco inestables, el interior era muy elegante, con asientos de piel y suelos enmoquetados. Y el auxiliar de vuelo, Tom, le había servido una botella de agua mineral en cuanto subió a bordo.

Mac oyó a Tom saludar a otro pasajero y, cuando levantó la mirada del ordenador, se enfadó consigo mismo por la emoción que sintió al ver a Olivia Winston.

–Buenos días.

–Buenos días –dijo ella, sentándose a su lado–. ¿Llegamos temprano?

–No lo creo.

Mac observó el bonito jersey de color chocolate y los vaqueros, que le sentaban de maravilla. Le gustaría tanto tocarla... Estaba deseando tenerla en sus brazos... y en su cama. Hasta aquel momento, con tantas distracciones, no había tenido éxito en sus intentos de seducción. Pero ahora que iban a pasar unos días juntos...

El auxiliar de vuelo se acercó con su sonrisa más profesional.

–Bienvenidos a bordo.

–Gracias –dijo Olivia.

–¿Quiere tomar algo, señorita Winston?

–No, gracias. ¿Necesitas algo, Valentine?

–Nada que Tom pueda ofrecerme –contestó él, en voz baja.

Ella puso los ojos en blanco.

–Despegaremos en unos minutos, así que, por favor, abróchense los cinturones.

Tom se dirigía hacia la cabina cuando Olivia lo llamó:

–Perdone...

–¿Sí, señorita Winston?

–¿No faltan un par de pasajeros?

–¿Cómo?

–¿Los DeBold?

–No, señorita. Se fueron a casa anoche y han enviado el avión... y a mí para que los lleve a Wisconsin.

Olivia miró a Mac y luego de vuelta a Tom.

–¿Por qué?

–No lo sé, señorita Winston.

El hombre parecía incómodo y Mac, cansado de la discusión, decidió intervenir. Estar esperando en la pista no era su idea de la diversión.

–Gracias, Tom. Estoy deseando llegar.

Aliviado, el auxiliar asintió con la cabeza.

–Informaré al capitán.

Cuando desapareció, Olivia se volvió hacia él, con el ceño fruncido.

–¿Por qué se han ido sin decir nada?

Mac se encogió de hombros.

–¿Eso importa?

–Siento curiosidad. Me parece un poco raro.

–¿Por qué?

Bajo sus pies, el motor del avión empezó a rugir.

–Tengo la impresión de que están intentando... juntarnos –contestó Olivia, mientras se abrochaba el cinturón de seguridad.

–Estamos juntos.

–Ya sabes a qué me refiero.

–Ah, sí –sonrió Mac–. ¿Y si eso es lo que quieren? ¿Estaría tan mal?

Ella lo fulminó con la mirada.

–¿Qué le pasa a la gente casada? ¿Por qué siempre quieren emparejar a los demás?

–A lo mejor quieren que los demás sean tan felices como ellos.

–¿De verdad crees eso, Valentine?

–No.

Olivia soltó una carcajada. Tenía una risa preciosa, ronca y juvenil. Y él sentía un increíble deseo de hacer que siguiera riendo, de hacerla feliz.

–Mira, Valentine, creo que tenemos que recordar por qué estamos aquí.

–¿Y por qué estamos aquí?

–Para trabajar. O, en tu caso, para vengarte de mi padre a través de mí.

Mac, sin poder evitarlo, sonrió y ella le devolvió la sonrisa. Aquella chica era diferente, desde luego. ¿Por qué le excitaba tanto que supiera lo que quería y no tuviese ningún miedo?

–Hablando de venganzas... –empezó a decir Olivia, sin mirarlo.

–¿Sí?

–¿Tu amigo te dio munición contra mí anoche?

Él apretó los dientes.

–No.

–¿Tim no te habló de mí... de lo que había pasado?

–Mira, Olivia, ya te lo he dicho: me da igual lo que ocurriera en el pasado. No necesito usar cotilleos de un antiguo amigo para conseguir lo que quiero.

–¿Un antiguo amigo?

–No soy un sentimental. Valoro la amistad por lo que es, pero si alguien se cruza en mi camino, no tengo el menor problema para apartarlo de mi vida. Y ahora, volvamos a por qué estamos aquí.

–Para trabajar.

Mac suspiró.

–Esperaba que lo hubieses olvidado.

–No, yo no olvido nada –rió Olivia–. Aunque Louise y Harold seguirán intentando emparejarnos, seguro.

–¿Más aviones privados, más destinos románticos? Qué tortura.

–No quieres tomarte esto en serio.

–No.

–Pues yo sí. Y si tuvieras un poco de sentido común te concentrarías en intentar conseguirlos como clientes, no en llevarme a la cama.

Caramba, cómo le gustaba aquella chica. Su actitud, su espíritu, su cerebro, cómo se movía y cómo hablaban sus ojos por ella. Pero no pensaba dejarse ablandar. Él quería venganza. Aunque no pensaba usar su pasado contra ella, iba a conseguir lo que quería: vengarse y una mujer a la que deseaba por encima de todo.

El avión empezó a moverse por la pista.

–No te preocupes, Olivia –dijo, con tono arrogante–. Soy perfectamente capaz de conseguir a los DeBold y a ti.

Una casa enorme, un jardín interminable, un huerto, un establo… la finca de los DeBold era uno de los sitios más bonitos que Olivia había visto nunca. Estaba completamente encantada. En cincuenta acres de terreno, una milla al norte de la bahía Sturgeon, la casa estaba siendo decorada para las fiestas. Pero decorada de arriba abajo.

Cuando Mac y Olivia llegaron, un equipo de diez hombres y mujeres trabajaban colocando guirnaldas y luces en los árboles, tejados y cualquier cosa que no se moviera.

Olivia lanzó un silbido mientras bajaba del coche que había ido a buscarlos al aeropuerto.

–Yo crecí en una casa estupenda con antigüedades, la mayoría de las cuales no podía tocar, pero esto es… espectacular.

Mac ayudó al conductor con las maletas antes de darle una sustanciosa propina y, mientras el coche se alejaba, Olivia se quedó frente a la casa, transfigurada.

–Creo que ya sé adónde voy a ir cuando me retire.

–¿De verdad? –preguntó él, sorprendido.

–De verdad. Ésta es la casa de mis sueños. Si tienen caballos me ato a una de las cercas y a ver quién me saca de aquí.

–No lo entiendo. Es muy bonita, muy… rodeada de naturaleza y todo eso, pero…

–Sí, ya sé que no es como tu ático de cristal y acero en Manhattan, pero…

–¿Y cómo sabes lo de mi ático en Manhattan?

–Mac, por favor, deja de subestimarme. Bonito sitio, por cierto. Muy a lo James Bond.

–Gracias –murmuró él–. Creo.

–Pero este sitio es mucho mejor. ¿Cómo es posible que no te guste?

–No he dicho que no me gustase. Pero es un poco… no sé, parece un hotel rural –contestó Mac, dejando las maletas sobre el felpudo de los DeBold.

–Por favor… qué comentario tan típicamente masculino.

Antes de que pudiese evitarlo, él la tomó por la cintura.

–Desde luego que es masculino.

Olivia intentó disimular un suspiro. El brazo de Mac Valentine era como un abrigo de lana.

–Pero si te gusta este sitio... eso es lo más importante. Estoy dispuesto a aceptar mantas hechas a mano, alfombras de yute y cuartos de baños rústicos si los compartes conmigo.

La miraba con tal dulzura que ella estuvo a punto de creerlo. Pero eligió el sarcasmo en lugar de la sinceridad:

–Qué interesante. Parece que has estado en algún que otro hotel rural. Has descrito todos los hoteles rurales que he visto en mi vida.

–He mirado alguna página en Internet.

–¿Por recomendación de alguna señorita?

–Las mujeres piensan que el campo es romántico.

–¿Y no lo es?

–Para mí no.

Exudaba poder, fuerza y sexualidad. Era una combinación difícil de resistir. Y, de nuevo, Olivia se cuestionó por qué tenía que resistirse a todo eso. ¿Por qué no podía pasarlo bien? Ella era adulta, quizá una adulta un poco tonta pero...

–Seguramente me daré de bofetadas después por preguntar esto, pero... ¿qué es romántico para ti?

–Bueno, esto tampoco está mal –contestó Mac, señalando el muérdago que colgaba sobre sus cabezas.

–Oh, no –rió Olivia–. ¿Y si el cartero y el lechero hubieran llegado aquí al mismo tiempo?

–Cállate, Winston –gruñó Mac, buscando su boca.

Tenía la nariz fría, pero sus labios quemaban y Olivia se derritió–. Hueles muy bien.

–Es por la nieve.

–No.

–Los pinos.

–No –insistió él, besando primero su labio superior y luego el inferior–. Eres tú.

Olivia empezó a temblar cuando volvió a besarla; ardientes, dulces besos que casi le hicieron olvidar quién era y dónde estaba. Como una ciega, metió la mano dentro de su abrigo y pasó los dedos por su espalda, por sus hombros. Quería tocarlo...

Fue en ese momento cuando se abrió la puerta. Y, como una niña a la que hubieran pillado con la mano en la caja de las galletas, se apartó de un salto.

Louise DeBold miró de uno a otro, sorprendida.

–¿Habéis llamado al timbre? No hemos oído nada.

–Acabamos de llegar –dijo Olivia. Luego miró a Mac para que lo corroborase, pero él estaba sonriendo, divertido. No iba a ser ninguna ayuda.

–Qué raro. Uno de los decoradores entró para decirme que estabais aquí.

Lo cual significaba que dicho decorador probablemente también habría mencionado lo que estaban haciendo en el porche.

Mientras Louise los hacía pasar, Olivia murmuró un «madre mía» que hizo reír a Mac.

–¡Harold! ¡Ya están aquí! ¿Habéis tenido un vuelo agradable?

–Genial, gracias.

Louise los llevó hasta un enorme salón de dos alturas con suelos de madera, vigas vistas y una chimenea de piedra que llegaba hasta el techo. Era una construcción espectacular, permitiendo que se viera el salón, el comedor y una fabulosa cocina con encimeras de granito negro.

–Es una casa preciosa –la felicitó Olivia–. Estoy absolutamente enamorada.

–Y tenemos caballos.

–Caballos, Olivia –dijo Mac, tocando su hombro.

–Sí, ya lo he oído –murmuró ella, apartándose para que sus mejillas, y otras partes de su cuerpo, no ardieran por combustión espontánea.

Sobre sus cabezas sonó un crujido y, unos segundos después, Harold apareció trotando por las escaleras.

–Bienvenidos, bienvenidos –los saludó, estrechando la mano de Mac y luego la de Olivia–. Me alegro de teneros aquí.

–Nosotros también. Bonita casa.

–Gracias.

–Bueno, supongo que querréis instalaros antes de comer –dijo Louise.

–A mí me gustaría mucho deshacer las maletas –sonrió Olivia–. Las habitaciones están en el piso de arriba, supongo.

Harold miró a su mujer, que le devolvió la mirada antes de volverse hacia ellos.

–Queríamos que os alojarais aquí, pero estamos

arreglando las habitaciones para la familia de Harold y como son tan particulares...

–Cariño... –la regañó su marido.

–En fin, no importa. Tenemos dos casitas de invitados.

–¿Casas de invitados? –repitió Olivia. Las casas de invitados eran como suites de hotel. Estarían más seguros allí, con Harold y Louise–. ¿Seguro que no es un inconveniente para vosotros que hayamos venido?

–No, no, por favor –rió Louise–. Estamos encantados de teneros aquí. Johnny, la persona que se encarga de cuidar la finca, os llevará al otro lado del lago.

«Al otro lado del lago, genial», pensó Olivia.

Esas casitas de invitados ya podían estar a cincuenta metros la una de la otra, se dijo mientras Harold llamaba a Johnny por el intercomunicador. En treinta segundos, un joven alto apareció para llevarlos «al otro lado del lago».

Cuando Olivia vio lo que iba a ser su alojamiento se le puso el corazón en la garganta. Las casas estaban demasiado cerca, separadas sólo por un muro.

Y cuando entraron en la primera supo que aquello iba a ser un problema. Decorada de arriba abajo en blanco y crema, con gruesas alfombras y luces suaves, parecía un nidito de amor. Desde el árbol de Navidad, decorado con lucecitas blancas, a la enorme chimenea, desde la cama con dosel a la doble bañera... aquello era el escenario para un romance.

Olivia, en jarras, suspiró.

–Ah, sí, están intentando emparejarnos.

A su lado, Mac soltó una risita.

–¿Quieres venir a ver mi habitación? A lo mejor es menos… romántica que la tuya.

–En otro momento.

–¿Me lo prometes?

En sus ojos había un brillo entre perverso y divertido y Olivia sintió que se le doblaban las rodillas. Sólo era cuestión de tiempo. Porque, en serio, ¿cuánto tiempo podía resistir una chica?

Capítulo Quince

–Lo siento mucho –se disculpó Louise–. Estaba intentando impresionaros con el almuerzo... y he estado a punto de mataros.

Cualquiera que mirase a Louise DeBold vería a una mujer segura de sí misma, guapísima e inteligente, que no necesitaba que nadie le dijera lo estupenda que era. Pero, sentada frente a Olivia, con un pavo a medio hacer entre las dos, parecía haber encogido tanto en estatura como en confianza.

–Bueno, mujer, no sabías que el pavo estuviera crudo.

–Lo habría sabido si lo hubiera pinchado con un tenedor.

Olivia soltó una carcajada.

–Eso es verdad.

–Creo que no tengo remedio –dijo Louise.

–Todo tiene remedio, ya lo verás.

–La familia de Harold se lo va a pasar de miedo conmigo –suspiró Louise DeBold–. No me gusta hacer las cosas mal, Olivia. Fui gemóloga durante diez años, una de las mejores del país. Todo el mundo acudía a mí... –la pobre miraba el pavo como si acabara de pelearse con él–. No puedo fracasar en esto.

–No lo harás. Venga, vamos a intentarlo otra vez.

–Muy bien.

–Las aves de corral son muy traicioneras, no te creas. A mí me gusta compararlas a una relación sentimental.

–¿Y eso?

–Si no las sazonas suficiente o no les das el calor que necesitan, todo acaba en desastre. Por no hablar de que quedan sosas y aburridas.

–Sí, es verdad. Y si puedo preguntar... ¿la relación entre Mac y tú... es un ave de corral sazonada o sin sazonar?

Olivia carraspeó.

–Mac y yo no tenemos una relación.

–Entonces, antes, en el porche...

–Ha sido un momento de locura temporal.

Louise suspiró.

–Ay, me encantan esos momentos.

–Mac y yo... no, es muy complicado.

–Pues no lo compliquéis. Haz lo que estás haciendo con este maldito pavo. Sazónalo, mételo en el horno a la temperatura adecuada y a esperar.

–Veo que has entendido el asunto, Louise.

–Mira, los dos me caéis muy bien –dijo su anfitriona, echándole sal y pimienta al pavo–. Sería divertido volver a vernos.

–Sí, es verdad, pero seguramente tendría que ser por separado. A Mac se le da muy bien ganar dinero, pero no quiere saber nada de relaciones sentimentales.

–Nunca se sabe, Liv. ¿Puedo llamarte así?

–Por supuesto.

–Harold era igual cuando nos conocimos.

–¿Ah, sí?

–Sí.

–No me lo puedo imaginar.

Louise rellenó el pavo con salvia y tomillo.

–Pues es verdad. Una chica diferente cada noche. Y míralo ahora. Hoy ha traído a casa un montón de madera porque quiere hacer una cuna él mismo…

–¿Una cuna? ¿Es que estás…?

Louise sonrió mientras iba al fregadero a lavarse las manos.

–La cuestión es que nunca se sabe de qué es capaz la gente hasta que le das una oportunidad. Y ahora, vamos a meter esta cosa en el horno.

Cuando Mac entró en la cocina dos horas más tarde, con Harold detrás, el aroma a la típica cena de Acción de Gracias casi hizo que se doblara sobre sí mismo. Olivia estaba en el fregadero, observando a la reina de los diamantes mientras echaba unas patatas cocidas en un colador. Parecían amigas de toda la vida.

Harold le dio un codazo en las costillas:

–Sé que esto puede sonar sexista, pero mira a nuestras chicas… con el delantal puesto, haciendo la comida para sus hombres... Casi dan ganas de gruñir y rascarse.

Mac sonrió.

–Casi, sí.

Pero no estaba sonriendo por dentro. Su reacción ante el comentario de Harold le preocupaba. «Nuestras chicas». Esa frase debería haber significado nada o menos que nada. Y, sin embargo, la idea de que Olivia fuera «su chica» hacía que su corazón latiera de forma errática.

De niño lo habían llevado de una casa a otra, de modo que la familia significaba poco para él. Pero quizá una escena tan doméstica había despertado algo. Algo que podría querer en algún momento de su vida.

En algún momento, pero no ahora.

–Me encanta esta parte –estaba diciendo Louise mientras aplastaba las patatas–. Te relaja muchísimo.

No se habían fijado en ellos todavía.

–Ya lo sé –riendo, Olivia echaba crema de arándanos en un bol–. La clave para tener éxito es hacer platos sencillos con ingredientes frescos.

–Algo huele muy bien por aquí –dijo Harold, tomando a su mujer por la cintura mientras ésta aplastaba las patatas como si quisiera matarlas.

Mirando por encima de su hombro, Louise sonrió.

–Estamos haciendo la cena... aunque sólo sean las cuatro. Es un ensayo, para cuando venga tu familia.

Mac miró a Olivia, que estaba observando a la feliz pareja con ojos melancólicos. ¿Qué pasaría si la rodease con sus brazos? ¿Se perdería Olivia en la fantasía que los DeBold habían creado y que estaba lenta pero claramente tragándoselos a los dos?

–¿Habéis tenido una charla interesante? –preguntó Louise.

–«Interesante» es decir poco –contestó su marido–. Este tipo es demasiado listo. Por qué Avery no nos había presentado antes, es algo que no entiendo. La cantidad de dinero que podríamos habernos ahorrado en impuestos...

–¿Entonces tenemos un nuevo asesor financiero?

–Yo diría que sí.

Olivia miró a Mac con una sonrisa en los labios. Podría ser una sonrisa de felicitación o de compromiso, no estaba seguro.

–Tenemos que llamar a Avery –dijo Louise–. Para que traiga los documentos.

–Eso es –asintió su marido.

Mac apretó los dientes. No había hablado ni con ella ni con Tim desde que lo echó de su casa la noche anterior. Tendría que hacer las paces con Avery, pero no quería saber nada de su marido.

–No tan rápido –bromeó–. Ya sabes que sólo te acepto como cliente si sabes jugar al billar.

Harold miró a su mujer.

–¿Puedes estar sin mí un par de horas?

–Te han retado, cariño. Pero ahora mismo vas a sentarte a la mesa para comerte el pavo que he preparado con la ayuda de Olivia... y vas a decirme lo buena cocinera que soy.

–Hecho –asintió Harold, besándola en el cuello–. Pero luego, después de comer, quiero que te tumbes un rato, ¿eh?

–¿Y los invitados?

–Nosotros estamos perfectamente –dijo Olivia–. Yo tengo un buen libro y Mac siempre tiene trabajo...

–No, de eso nada –la interrumpió su anfitriona–. ¿No has dicho que te gustaban los caballos?

–Le encantan –contestó Mac por ella.

–Perfecto. Los caballos necesitan ejercicio –como si hubiera resuelto un grave problema, Louise sonrió mientras se sentaba a la mesa–. Un paseo por el campo cubierto de nieve es una obligación para cualquier pareja.

Olivia levantó la mirada.

–Louise...

–Quería decir para todo el mundo.

Pero la risita que siguió a esa frase contradecía total y absolutamente la corrección.

No eran una pareja, pero para Olivia no había nada más romántico que pasear a caballo con Mac. Pasar bajo las ramas desnudas de los árboles, galopar por el campo cubierto de nieve... Por primera vez desde que llegó, entendía lo que Mary había dicho sobre los peligros de no estar en su elemento, en su zona de seguridad, con un hombre al que podía imaginarse besando hasta que los dos estuvieran desnudos y sudando.

Deteniendo a su preciosa yegua castaña, Olivia respiró profundamente el aire fresco y limpio. Luego se volvió para mirar a Mac. Era como el protagonista de la película *Camelot*... con una moderna chaqueta de lana, claro. Pero tenía ese pelo oscuro y esa cosa de uno-con-el-caballo tan masculina que ni siquiera intentó evitar imaginarse a sí misma sentada delante, con sus brazos rodeándola...

–Vamos, Valentine, dime que esto no es más bonito que Manhattan.

Su caballo, un palomino gris, era un poquito nervioso y Mac tuvo que hacer un círculo para colocarse a su lado.

–No sé. ¿Dónde está lo bonito? Cincuenta acres de terreno, un lago natural, árboles por todas partes, una panorámica increíble...

–Entonces, ¿te vas a casa mañana? –rió Olivia.

–¿Qué?

–Ya has conseguido a los DeBold. Harold prácticamente ha dicho que los tienes en el saco.

–También los tenía en el saco en Minneapolis.

–¿Qué?

–Harold y Louise habrían firmado el contrato antes de irse de Minneapolis si yo hubiera querido.

–¿Y por qué no quisiste?

–Venga, Liv. Tú sabes por qué estoy aquí.

Olivia lo miró, sorprendida.

–Has conseguido unos clientes muy importantes. ¿De verdad sigues sintiendo el deseo de vengarte?

–Siento el deseo de tenerte. La venganza no es más que un extra.

Su hambrienta mirada le hizo sentir escalofríos y, sin decir nada, Olivia giró su yegua hacia el establo. Con un chasquido de la lengua, Mac hizo lo propio.

–Sé que sientes tanta curiosidad como yo.

–¿Por saber qué?

–Por saber cómo será mi piel contra la tuya.

–Mac, para ya...

Pero él no iba a parar.

–Por saber cuánto tiempo va a pasar antes de que me supliques que te bese. Por saber cómo será cuando esté dentro de ti, cuando estalle de placer contigo.

Sus palabras le hicieron tragar saliva. O estaba metida en un lío o a punto de pasarlo fenomenal... no estaba segura de cuál era la respuesta.

–Siento curiosidad, es verdad. Aunque esperaba poder aguantar. Pero ya no sé si quiero.

Las mejillas de Mac se pusieron rojas y no tenía nada que ver con el frío.

–Bueno, ésa es una admisión interesante.

–Sí.

Volvieron al establo en silencio. El viento iba cargado de nieve y el cielo se volvía cada vez más gris. Después de atar a su caballo, Mac ayudó a Olivia a bajar del suyo.

–Voy a darme una ducha antes de cenar –dijo ella, intentando apartarse.

Pero Mac no la soltaba.

–¿Qué haces?

–Sujetarte hasta que dejes de pelear.

Por instinto, Olivia intentó empujarlo, pero no valía de nada y dejó escapar un gruñido de frustración. Lo deseaba. No tenía sentido seguir negándoselo. ¿Por qué iba a hacerlo? Sería un error ¿y qué? Ya era suficientemente mayor como para lidiar con sus errores. Y, sobre todo, para dejar de ser doña Perfecta.

Miró su boca, esa boca dura y generosa que podía hacerle olvidar todos los errores pasados…

–¿A qué estás esperando? Bésame, maldita sea.

–Si te beso ahora no voy a poder parar.

–No quiero que pares.

–Y te deseo más de lo que he deseado nada en mi vida –Mac la apretó contra su pecho para besarla apasionadamente.

Olivia apenas podía respirar cuando la soltó.

–Ven conmigo.

Dejando a los caballos atados, Mac la llevó al fondo del establo, al recinto donde guardaban la paja. Y, sin que ella pudiera protestar, volvió a tomarla entre sus brazos. El beso empezó siendo suave y lento, una ligera presión en los labios. Pero la presión aumentó hasta que tuvo que abrirse para él, dándole acceso a su lengua, hasta que murmuró «me gusta» y otras ridiculeces. Hasta que le echó los brazos al cuello y le devolvió el beso con tal intensidad que sintió que se estaba ahogando.

Mac besaba su cuello ardientemente, pero Olivia no podía esperar más. Deseaba tocar su piel desnuda, sentir el peso de su cuerpo. La idea de tenerlo dentro hacía que se le doblaran las rodillas.

Mac consiguió tumbarla de espaldas, pero ella apenas se dio cuenta del cambio de postura. Sólo sabía que un momento antes estaba de pie y ahora estaba tumbada sobre la paja.

–¿Y si viene alguien...? ¿Y si nos ven?

Mac desabrochó su blusa.

–Me da igual que nos vean.

Olivia no quería pensar en la primera vez que alguien la pilló con un hombre. Aquello era diferente. Era casi como si necesitara hacerlo, de aquella manera, para exorcizar tantos malos recuerdos.

Cuando Mac empezó a acariciar su estómago dejó de respirar un momento; estaba tan cerca de donde ella quería que la tocase... Quería que llegase allí, que bajara la mano y... estaba tan excitada que sólo tardaría unos segundos, quizá menos.

Pero Mac no pensaba hacer eso por el momento.

Llevaba un sujetador con el broche delante y enseguida se lo quitó, apartando las dos piezas de tela rosa. A la grisácea luz del atardecer que entraba por las ventanas, la miró, sacudiendo la cabeza.

–No tienes ni idea...

–¿Qué?

–Del tiempo que llevo esperando verte así. Y ahora creo que debo tomarme mi tiempo... maravillarme.

Ella rió, pero era un sonido agónico.

–Haz eso y te mato.

Mac acercó la boca a sus pechos, acariciando suave e irritantemente la aureola con la lengua.

Sintiendo que estaba a punto de explotar, Olivia enredó los dedos en su pelo, intentando empujarlo hacia abajo.

–Paciencia, Liv –susurró él, el calor de su aliento enviando chispas a todas sus terminaciones nerviosas.

Olivia esperó, contrayendo los músculos hasta que, por fin, notó la electrizante sensación de calor y humedad de su lengua rozando el sensible pezón. Mientras la chupaba, acariciaba su vientre, sus caderas, le bajaba las braguitas de algodón...

–No –dijo con voz ronca cuando enterró los dedos entre sus piernas–. Estás demasiado húmeda. No sé cuánto podré aguantar...

–Y querías que fuese paciente –murmuró ella.

Mac encontró la entrada y metió un dedo, despacio. Aquello era demasiado. Olivia tembló, apretándose contra su mano. Casi no sabía qué hacer. Y mientras se movía dentro de ella, acariciando su parte más sensible, sintió que dos lágrimas corrían por su rostro.

–¿Te hago daño?

–No, no... es maravilloso.

Mac besó su cara, su cuello, sus labios.

–Hazme el amor. Por favor, ahora...

Deseaba tanto tenerlo dentro que agarró su camisa y la abrió de un tirón, haciendo saltar varios botones. Era tan hermoso... Con manos ansiosas, encontró la cremallera del pantalón y tiró hacia abajo.

–Olivia, espera...

–No. ¿Para qué?

–No tengo nada... no he traído...

–Oh, no.

–Tendré cuidado, te lo prometo –dijo Mac con voz ronca.

Mientras ella se quitaba vaqueros y braguitas, él se bajaba los pantalones. Y después no perdió el tiempo, levantando sus caderas y enterrándose profundamente en ella.

Olivia vio estrellitas detrás de sus párpados cerrados. Por un momento, dejó que la deliciosa sensación de tenerlo dentro la embargase, pero cuando Mac empezó a apartarse, despertó de su ensueño. Abrió las piernas y las envolvió en su cintura, moviéndose con él, gimiendo, arañándolo, sabiendo que tenía poco tiempo y sintiéndose a la vez frustrada y desesperada por terminar.

Mac, inclinándose hacia delante, tomó un duro pezón entre los labios y empezó a chupar con fuerza. Y Olivia perdió el control. Se dejó llevar por el fuego y el hielo del orgasmo, gritando mientras Mac empujaba salvajemente dentro de ella.

Hasta que se apartó de golpe. Un segundo después, Olivia alargaba la mano para envolver su miembro y acariciarlo arriba y abajo hasta que dejó escapar un gemido y, apretándose contra ella, llegó al orgasmo.

Se dejó caer a su lado sobre la paja, respirando con dificultad, su frente cubierta de sudor. En silencio, los dos buscaron aire mientras veían cómo el cielo se volvía oscuro.

Olivia querría quedarse así, abrazada a él, pero…

–Me gustaría quedarme, pero tengo que ayudar a Louise con la cena.

–Lo sé. Escucha –dijo Mac entonces, agarrando su trasero posesivamente–. No tienes nada de qué preocuparte.

–Me parece que tengo mucho de qué preocuparme. Pero no en el sentido que tú lo dices.

Riendo, él volvió a apretar su trasero.

–Puede que tengas razón. Porque esto sólo ha sido un aperitivo. Y pienso disfrutar del primer plato, del segundo, del tercero…

Capítulo Dieciséis

Los hombres, normalmente, no se fijaban en detalles como los arreglos florales en una mesa. Normalmente, tenían tanta hambre cuando se sentaban a cenar que sólo querían llenarse la barriga con aquello que olía tan bien.

Sonaba un poco cavernícola, pero así era.

Mac, sentado al lado de Olivia a la mesa de los DeBold, su plato lleno de fetuccini Alfredo, no era una excepción a esa regla. Estaba absolutamente satisfecho en aquel momento.

–Deberías sentirte orgullosa de ti misma, Louise. Están riquísimos.

Al otro lado de la mesa, Louise DeBold miró a su marido.

–Gracias, pero creo que es mi profesora quien debe llevarse las felicitaciones.

–No, de eso nada –replicó Olivia–. Lo has hecho tú misma. Yo sólo lo he supervisado.

Harold le pasó un brazo por los hombros a su mujer.

–¿Lo has hecho tú sola, cariño?

–Está exagerando.

–¡No es verdad! –rió Olivia.

Mac se excitaba sólo con oír su voz. Con unos pantalones negros y un jersey blanco parecía una conejita, pensó. Y tenía intención de estar con ella por la noche. Como le había dicho, su encuentro en el establo había sido sólo un calentamiento para el momento de la verdad. Los dos estaban demasiado excitados, incapaces de tomarse su tiempo y disfrutar el uno del otro. Esa noche, sin embargo, iba a hacer que llegara al orgasmo una y otra vez.

Olivia estaba hablando con Harold, sonriente y feliz.

–Y ha rellenado la pasta ella misma.

–¿De verdad?

–De verdad –contestó Louise.

–¿Tenemos una máquina de hacer pasta en casa?

–Sí. ¿No lo sabías?

–Mañana por la mañana prepararemos un par de platos que harán que tus suegros se disculpen por dudar de tus habilidades culinarias. Pastelillos de cangrejo con limón y salsa holandesa, rulos de puerro con panceta...

–Olvídate de las disculpas –la interrumpió Harold, riendo–. Van a querer quedarse a vivir aquí.

–Sí, quizá sería mejor cambiar el menú –rió Louise.

–Demasiado tarde, cariño. Pero a partir de ahora seguramente querrán venir más a menudo... ya sabes.

Mac vio a los tres sonriendo como tontos y se preguntó qué estaba pasando allí.

–¿Vais a contarme la broma? Porque no me entero de nada.

–Louise está embarazada –dijo Harold.

–Ah, enhorabuena. No sabía nada –sonrió Mac, estrechando su mano y levantándose para darle un beso en la mejilla a la futura mamá.

–Gracias.

–¿De verdad crees que tu familia querrá venir más a menudo? –preguntó Louise, con expresión preocupada.

–Mi madre seguro que sí.

–Oh, no.

–Se va a llevar una alegría, cariño.

–Pero se meterá en todo...

–Te ayudará en muchas cosas, Louise –intervino Olivia–. Yo espero tener hijos algún día y no tengo una madre con la que enfadarme porque vaya a visitarme demasiado. Así que deberías considerarte una persona afortunada.

La noticia de que Olivia no tenía madre no era nueva para Mac. Cuando estaba reuniendo información sobre ella y sobre su padre descubrió que había muerto de cáncer. Pero notar la tristeza que había en su voz y ver cómo intentaba disimular hizo que sintiera un extraño deseo protector.

–Lo siento, no lo sabía –se disculpó Louise–. ¿Cuándo la perdiste?

–Cuando estaba en el instituto.

En el instituto. Mac no sabía por qué lo había hecho, pero apretó su mano bajo la mesa.

–Qué horror. Bueno, por mucho que tu madre me irrite te prometo que me portaré bien con ella, Harold.

–Me alegra saberlo, cariño.

Mientras seguían charlando, Olivia hizo la cosa más extraña y más encantadora. Giró la mano bajo la suya para que quedasen palma contra palma y, de vez en cuando, le daba un ligero apretón.

Olivia, sentada en la alfombra de su habitación, escuchaba en el estéreo *Have yourself a Merry Little Christmas,* cantada por Judy Garland, una de las canciones de Navidad más bonitas y más tiernas de la historia, mientras intentaba enseñar a Mac a hacer guirnaldas con palomitas de maíz. Difícil tarea, porque el hombre podría ser un genio de los negocios, pero en cuanto a las manualidades era prácticamente manco.

–Qué canción tan triste –dijo Mac.

–No es triste, es sentimental.

–Es lo mismo.

–Ésta era una canción que me cantaba mi madre –dijo Olivia entonces.

–¿Cuándo murió? Ya sé que has dicho algo cuando estábamos cenando…

–Cuando estaba en el instituto.

Era asombroso que aún le costase tanto hablar de ello, pero cada vez que hablaba de la muerte de su madre lo único que quería era meterse en la cama y ponerse a llorar.

–¿Cuántos años tenías… dieciséis?

–Sí.

–Pues debió de ser muy duro para una chica tan joven. ¿Cómo se lo tomó tu padre?

–Estaba desolado. Y no podía hacer nada... el pobre apenas encontraba fuerzas para levantarse por las mañanas y... ¿por qué me miras así?

–Owen no te ayudó nada, ¿verdad?

–No podía ayudarme –contestó ella–. Estaba destrozado.

–Y tu también, Liv.

Olivia apartó la mirada. No quería que Mac, precisamente él, dijera que su padre la había abandonado emocionalmente en el momento que más lo necesitaba.

–¿Qué pasó, Liv? ¿Cómo lograste superarlo?

–¡No estando sola, maldita sea!

Muy bien, Mac lo entendía. No había estado sola porque no se había permitido a sí misma estar sola. Había encontrado un sustituto del cariño de su padre y una manera de olvidar su dolor.

–Perdí la cabeza durante el primer año y medio. Pero luego recuperé el sentido común.

–Entiendo.

–Y no quiero seguir hablando de esto.

–Lo que tú digas –murmuró Mac, tomando una guirnalda–. ¿Puedo comerme las palomitas?

–No son para comer, son para adornar un árbol –sonrió ella, relajándose un poco–. Pero supongo que esta actividad debe de ser demasiado dulce para un hombre como tú.

–Desde luego. Pero estaba pensando que cuanto antes terminemos de adornar el árbol antes podría besarte.

–Qué listo –rió Olivia–. ¿No hacías esto en Navidad cuando eras pequeño?

–No. Bueno, hasta los catorce años no.

–¿Qué pasó a los catorce años?

–Que me fui a vivir con un profesor de universidad y su mujer. No eran muy hogareños, pero pasábamos unas vacaciones muy agradables.

–No eran muy hogareños…

–Quiero decir que no hacían pasteles ni me leían cuentos hasta que me quedaba dormido. Ni me daban consejos sobre las chicas. Pero eso no me importaba, estaba harto de gente que quería convertirme en lo que no era –suspiró Mac–. Eran profesores, hacían preguntas y me hacían pensar. Me inspiraban para estudiar sin descanso. Ellos son la razón por la que terminé en Harvard.

«Interesante», pensó Olivia. Eso explicaba muchas cosas sobre él. Por ejemplo, por qué todo en su vida era el trabajo… y por qué haría lo que fuera para protegerlo.

–¿Al final te adoptaron?

Mac se encogió de hombros.

–A su manera. Viví con ellos hasta que cumplí los veintiuno.

–¿Y sigues viéndolos?

–No, ella murió un año después que él.

–Vaya, lo siento. No creo que sea fácil estar solo.

–Ahora no estoy solo.

Nunca había conocido a nadie como Mac Valentine, nunca la había afectado nadie de esa manera. En un minuto hacía que se sintiera frustrada, insegura, enfadada, protectora, excitada...

–¿Y habiendo crecido como lo hiciste... quieres tener hijos?

–No me imagino a mí mismo queriendo tanto a alguien. No me creo capaz... tienes que conocer el amor desde niño para aprender a darlo.

Le sorprendió que Mac hubiera pensado tanto en ello.

–Seguramente ayuda, pero yo creo que se puede aprender a amar. Como a estudiar historia.

–¿O química? –sugirió él, divertido.

–Exactamente –sonrió Olivia, inclinándose para darle un beso–. Me parece que no voy a esperar a que termines tu guirnalda.

–Cariño, estaba a punto de tirar todo esto por la ventana. He venido preparado esta noche, señorita Winston.

–Espero que así sea... incluso el doble o el triple de preparado –rió ella.

–Me alegro de que pensemos lo mismo porque esta noche no pienso dejarte escapar de mi cama antes del amanecer.

Estaba a punto de besarla cuando oyeron un golpecito en la puerta. Mac soltó una palabrota.

–Voy a tener que matar a quien sea.

Era Johnny.

–Siento molestarlos, pero... el señor DeBold necesita hablar con el señor Valentine inmediatamente.

Cuando Mac llegó a la casa y vio a Harold DeBold tomando tranquilamente una cerveza no imaginó de qué podría querer hablar con tanta urgencia. Quizá de repente le había entrado pánico por la idea de ser padre y quería hablar de ello. O de Louise. O quizá quería cambiar inmediatamente sus planes financieros para incluir al niño.

Vio entonces que había otra cerveza sobre la mesa y, por primera vez, empezó a dudar de que los DeBold acabaran convirtiéndose en sus clientes.

Harold le hizo un gesto para que se sentara a su lado.

–Siento haber interrumpido.

–No importa. ¿Qué pasa?

–No sabía que el padre de Olivia fuera Owen Winston.

Mac arrugó el ceño.

–Sí, lo es.

–Owen Winston es una leyenda en el mundo financiero –siguió Harold.

–¿Qué quieres decirme?

–¿Te apetece una cerveza?

–Harold... con todos mis respetos, no quiero nada salvo que me digas qué pasa y qué tiene que ver Owen Winston con esto.

–Acabo de hablar con él por teléfono.

–¿Lo has llamado tú?

–No, me ha llamado él.

–¿Estaba buscando a su hija?

–Quería advertirme contra ti. Pero tampoco le hace ninguna gracia que estés aquí con su hija, claro.

Mac tomó un trago de cerveza y se levantó.

–Gracias por tu tiempo, Harold.

–Ha sido muy... no sé si decir valiente por tu parte contratarla.

–Fue un movimiento calculado.

–Pues entonces ella tuvo un par de narices de aceptar el encargo.

Quizá la expresión que Harold había querido usar era «poco ético». Extraño. Olivia lo había llamado «inmoral» una vez, pero él nunca había pasado información confidencial a nadie. Como había hecho ella.

–Supongo que no tenemos nada más que hablar.

–Mac, yo no creo en los rumores que extiende un rival celoso, me fío de lo que veo. Vamos a firmar contigo, no te preocupes. Sólo quería que lo supieras.

Debería haberse sentido emocionado, o al menos satisfecho, pero lo único que sentía era el deseo de darle un puñetazo a la pared.

–Gracias, Harold.

Fuera, el frío viento lo golpeó en la cara. Pero apenas se dio cuenta. Desde el primer día había decidido conquistar a Olivia Winston física y emocionalmente y había terminado perdiéndose a sí mismo.

Las luces del árbol de Navidad seguían encendidas en su habitación. Era muy lista, tenía que aceptar eso. Pero su pequeña traición iba a palidecer en comparación con la que tenía planeada para ella.

Capítulo Diecisiete

Olivia no tenía mucha práctica como seductora. Nunca había estado en una tienda de Victoria's Secret o buscado la última edición de *Cómo complacer a un hombre.* En lugar de eso, se fiaba del clásico «desnuda en la cama» para tener a Mac donde quería tenerlo. Y eso era encima de ella...

Aunque la chimenea estaba encendida, se le puso la piel de gallina. Estaba un poquito nerviosa. Así, desnuda, se sentía completamente vulnerable, cada defecto a la vista para ser juzgado. Por un momento, pensó recibirlo bajo el edredón, pero al final decidió que eso no sería nada sexy.

La puerta se abrió y Mac entró en la habitación, llevando con él un soplo de aire helado. Qué pronto había vuelto. No debía de haber sido nada importante lo que Harold tenía que decirle, pensó. Olivia se puso de lado para estar tumbada como una de esas mujeres en los cuadros de Botticelli, aunque con menos celulitis, esperaba.

Mac levantó la mirada y, cuando se dio cuenta de que estaba desnuda, cerró la puerta y se acercó a la cama.

–¿Todo bien?

–Perfecto –contestó él, quitándose los pantalones–. Era lo que yo esperaba.

Olivia tragó saliva cuando se acercó a ella como un animal a punto de comerse a su presa. Mac la tomó entre sus brazos, pero se detuvo un momento y la miró con una expresión rara antes de buscar sus labios para besarla casi con rabia.

Aquello era lo que quería, lo que había esperado.

Mac enterró la cabeza entre sus piernas y Olivia sintió el roce de sus dedos abriendo los húmedos pliegues. Y entonces empezó a chuparla, suaves y rápidos lametones que la hicieron temblar de excitación. Se agarraba a su pelo, arqueándose hacia él mientras le hacía perder la cabeza. No podía contenerse. La sensación era demasiado fuerte, demasiado intensa.

–Oh, Mac… voy a…

Él debió de notar la desesperación en su voz, debía de saber que estaba a punto de llegar al orgasmo porque tomó un preservativo del bolsillo del pantalón y se envolvió en él sin decir una palabra.

La penetró de una sola embestida. Olivia gritó mientras apretaba sus caderas, empujándola con fuerza hacia él. Cuando sintió que estaba a punto del orgasmo, clavó las uñas en su pecho y él cubrió su boca con la suya en un beso que los consumió a los dos. Pero no podía más. Era como un volcán a punto de entrar en erupción… Y cuando lo hizo, su cabeza se movía de un lado a otro mientras gritaba su nombre.

Él seguía empujando una y otra vez hasta que

pensó que iba a partirla por la mitad. Y, de repente, se quedó parado. La embistió una última vez, más fuerte que antes, y se derramó dentro de ella.

Mac se quedó encima, temblando. Pero en cuanto Olivia le echó los brazos al cuello, se apartó y saltó de la cama.

Ella lo miró, sin entender.

–¿Qué ocurre?

Mac empezó a reírse, una risa desagradable, dura, seca.

–No sabía que fueras tan despiadada como yo.

–¿De qué estás hablando?

–Debo decir que estoy impresionado.

–¿Impresionado con qué?

No parecía él mismo. Era más oscuro, más triste. Y Olivia, de repente, se sintió demasiado desnuda. Tapándose con el edredón, le preguntó:

–¿Qué te pasa, Mac?

–Harold me ha dicho que acaba de recibir una llamada de tu padre.

–No…

–Para ponerlo en mi contra.

Olivia tragó saliva.

–Me pregunto cómo sabía que yo estaba con los DeBold.

Aquello no podía pasar, pensó ella, frustrada. ¿Cómo podía haber cometido tal error? ¿Cómo podía su padre ser tan estúpido?

–Lo siento, llamé a su oficina y le dije adónde iba, pero…

–Y que yo vendría contigo, ¿no?

–Sí, pero…

–Recuerdo que me llamaste «inmoral»…

–Mac, sé que estás enfadado y lo entiendo. Pero si lo piensas un poco, yo no he hecho nada malo.

–¿Ah, no? ¿Y eso?

–No estamos trabajando juntos en este viaje. Yo estoy trabajando para Louise y tú para Harold. Y tenía que decirle a mi padre adónde iba…

–Adónde ibas tu, sí. Adónde iba yo, no –la interrumpió Mac, poniéndose los pantalones–. Menos mal que Harold y Louise no creen las mentiras que va contando por ahí un viejo envidioso…

–¡No insultes a mi padre!

Mac siguió vistiéndose.

–Creo que estamos en paz, ¿no?

–¿Estamos en paz? –repitió Olivia–. ¿A qué te refieres? ¿Tú y yo o mi padre y tú?

–Elige la opción que quieras.

–A mí no me has hecho nada. No me has humillado. Me deseabas y yo te deseaba a ti. Estoy harta de obsesionarme con mi pasado, con errores que cometí cuando era una cría. Contigo he disfrutado, que era lo que quería.

Por un segundo, sólo por un segundo, los ojos de Mac se suavizaron. Pero luego volvió a ser el de antes.

–Bueno, quizá ésa es la venganza. No habrá más «conmigo».

Luego salió de la habitación y cerró la puerta. Y

Olivia se quedó mirando, atónita. Media hora antes esa puerta se había abierto para dejar pasar a su amante. Ahora representaba una enorme barrera entre ellos.

Suspirando, se tapó la cara con las manos. Le había contado la verdad. No se sentía avergonzada por lo que había hecho. Deseaba a Mac tanto como la deseaba él y, aunque no volviesen a hacer el amor, no sentía remordimiento alguno.

Porque, por mucho que él la despreciase ahora, estaba segura de una cosa: eso era lo que había sido para ella.

Amor.

Capítulo Dieciocho

La mañana siguiente solía ser el momento del corazón roto. Y a Olivia le pasaba exactamente eso. Había tenido que hacer un esfuerzo sobrehumano para soportar una lección de dos horas en la cocina con Louise, estropeando una salsa holandesa y dejando caer al suelo una sartén cuando su anfitriona le contó que Mac se había marchado muy tarde esa noche… en su propio avión, claro.

Si fuera una persona menos responsable, pensó Olivia mientras bajaba de la limusina y recogía su maleta, se diría a sí misma que aquello no había sido más que una breve aventura. Y la razón por la que, al fin, había decidido olvidar su pasado. Mac había conseguido que el sexo dejase de ser algo sucio para ella. No había nada malo en eso.

Era una mujer adulta y merecía conocer el placer, aunque el hombre que se lo diera no pudiese quererla nunca.

–Que tengas un vuelo agradable, Olivia –se despidió Louise, diciéndole adiós desde la limusina.

–Gracias por todo.

–No, gracias a ti. Ya te contaré qué tal me ha salido el pavo el día de Acción de Gracias.

Su diabólica sonrisa la hizo reír.

–Hazles un pavo de cine.

Cuando la limusina se alejó, Olivia se dirigió hacia el pequeño avión que la esperaba en la pista. Mientras se sentaba en el cómodo asiento de piel, esperando que despegase, pensó en ella misma y en Mac, en cómo sus pasados habían dictado sus presentes.

Él era un niño abandonado que había aprendido a sobrevivir de la única forma posible. Y había sobrevivido, llegando a lo más alto en su profesión. Ella también fue abandonada pero, al contrario que Mac, no había querido luchar. Al revés, se había negado a lidiar con el dolor, buscando ayuda en el peor sitio posible. Claro que entonces era una cría.

Pero entendía su rabia y el miedo que había detrás de ella.

Se quedó dormida sin darse cuenta y despertó en Minneapolis con un horrible dolor de cuello y la ligera esperanza de volver a ver a Mac.

Por primera vez, al entrar en su casa se sintió cómoda, segura. Casi contenta. Decidió no escuchar los mensajes del contestador y se metió en la cama para ver *El diario de Bridget Jones*.

Al día siguiente tenía mucho trabajo. Debía organizar un catering para cientos de personas. La fiesta de compromiso de Ethan y Mary llevaba semanas preparándose, pero era lo último en lo que quería pensar en aquel momento. Celebrar la alegría de su amiga era una obligación y una devoción, por supuesto, pero el evento iba a ser tremendo. Todo Minneapolis estaría allí y no podía dejar de preguntarse si cierto genio financiero aparecería también...

Olivia se tapó hasta la barbilla con el edredón y apuntó el mando hacia el televisor.

Ah, Colin Firth...

Los pulmones de Mac estaban a punto de explotar y le temblaban las piernas, pero no dejó de correr.

Eran las cinco de la madrugada y llevaba una hora en la cinta del gimnasio, intentando no pensar en nada. Desgraciadamente, parecía que su cuerpo estaba a punto de rendirse. Suspirando, bajó de la cinta y se puso la toalla al cuello.

Cuando se marchó de Door County dos días antes pensó que no tendría que volver a ver a Olivia. Pero no iba a ser así.

Mac odiaba un esmoquin tanto como odiaba las fiestas elegantes, pero era un esclavo del negocio y, cuando supo que uno de sus antiguos clientes iba a estar en la fiesta de compromiso de Ethan Curtis esa noche, reconsideró la invitación. Ethan Curtis iba a casarse con Mary Kelley, la socia de Olivia, de modo que ella estaría allí.

Había roto con muchas mujeres en su vida y jamás había vuelto a pensar en ellas, ni se había preocupado por volver a verlas. Pero aquella chica... lo hacía sentir como un animal hambriento. Tenía que arrancarla de su vida como fuera.

Mac se desnudó para meterse en la ducha. Quizá la mejor manera de quitarse a Olivia Winston de la cabeza sería obligarse a sí mismo a verla otra vez, para recordar su traición. O quizá sólo estaba engañándose a sí mismo y aquella noche iba a ser tan horrible como las últimas dos.

El último piso del famoso edificio de Minneapolis rotaba a una revolución por hora, de esa manera los invitados no se mareaban y vomitaban la cena después de cinco minutos.

Un plan inteligente por parte del arquitecto, pensó Olivia mientras salía de la cocina, después de inspeccionar cada uno de los platos. Vio a Mary hablando con Tess y se dirigió hacia ellas. Con el pelo rubio sujeto en un moño alto, Mary llevaba un vestido de seda gris, su abultado abdomen estirando el material.

Y, especialmente sexy con un vestido rojo y sandalias a juego, el pelo suelto y liso, Tess. La más dura del equipo de Sin Alianza tocaba la barriguita de Mary con los ojos brillantes.

–Vaya, vaya, vaya –sonrió Mary cuando Olivia se acercó, observando el vestido marrón chocolate con escote palabra de honor–. ¿Puedo decirlo, señorita Winston? Está usted como un tren.

Tess hizo una mueca.

–Una mujer embarazada no debería usar ese lenguaje.

–¿Cómo crees que me quedé embarazada?

Tess se tapó las orejas.

–Muy bien. Demasiada información para mí.

Olivia miró alrededor. La fiesta era un éxito, había acudido todo el mundo. Y ella, afortunadamente, tenía un vestido apropiado. Después de todo, además de llevar la cocina era una de las invitadas. Y Mac podría aparecer...

No iba a mentirse a sí misma. No iba a fingir que la posibilidad de verlo no afectaba a su vestuario.

–¿Has visto a tu padre? –preguntó Tess.

–No. ¿Dónde está?

–En la barra.

Olivia había intentado localizar a su padre durante los últimos dos días, pero estaba en Boston y no le había devuelto las llamadas.

–Bueno, antes de que Ethan venga a buscarme, ¿vas a contarnos qué pasó en Door County?

–No.

Tess levantó una ceja.

–Horror.

–¿Tenía yo razón? ¿Habéis... cómo puedo decir esto delicadamente?

–Olvídate de delicadezas –la interrumpió Tess–. ¿Te has acostado con él?

Olivia se puso colorada de la cabeza a los pies.

–Tess, por favor.

–Eso es que sí.

–Tess, espero que hayas aprendido la lección... no salgas nunca de la ciudad con un hombre al que encuentras atractivo –le advirtió Mary.

–Sí, seguro... tendría que ponerme algo en la bebida para que pasara algo. Y que Dios lo ayudase si hiciera eso –Tess estaba mirando alrededor y, de repente, su expresión cambió por completo. Se puso pálida.

Tanto Mary como Olivia observaron el cambio y se volvieron para ver qué afectaba tanto a su amiga, pero había demasiada gente.

–¿Qué pasa, Tess?

–No, es que me ha parecido ver... a una persona a la que conocí hace mucho tiempo.

–¿Un novio?

–Sí, bueno, supongo que podríamos llamarlo así. Pero está tan diferente... no puede ser él.

–¿Estaba mejor o peor?

–Parecía aburrido... y guapísimo. No puede ser él –sonrió Tess, mientras el color volvía a sus mejillas–. Ver gente del pasado de una siempre es muy raro.

Fue todo lo que dijo, pero tenía que ser algo más. Parecía aterrorizada. Olivia iba a preguntar, pero en ese momento se acercó Ethan.

–¿Puedo llevarme a mi chica? Hay un ropero que nos está llamando...

–Mira que eres exhibicionista –rió la que pronto sería su mujer.

–Por eso me quieres, ¿verdad?

–Claro que sí, cariño.

Cuando se alejaron, sin duda hacia el ropero para hacerse arrumacos, Tess se disculpó también diciendo que iba a buscar a alguien.

Olivia vio a su padre hablando con dos hombres en la barra y se dirigió hacia allí.

Al lado del escenario, donde estaba tocando un grupo de jazz, Mac miraba a Olivia bailando con su padre. Estaba guapísima esa noche y, aunque había intentado apartarla de su cabeza, su cuerpo lo recordaba todo. Evidentemente, iba a costarle mucho más de lo que pensaba olvidarse de ella.

Olivia lo vio entonces y se puso pálida. Estaba claro que no había pensado verlo allí y parecía preocupada y esperanzada a la vez. Mac deseaba tocarla, besarla. Si tuviera algo de orgullo o sentido común saldría corriendo y nunca volvería a mirar atrás. Pero era un idiota.

Apartándose del escenario, se acercó a ella cuando la canción estaba terminando.

–¿Qué haces aquí? –le espetó Owen.

–Recuperando a un antiguo cliente –contestó Mac.

–Ah, sí, te he visto hablando con Martin Pollack. Supongo que está dispuesto a olvidarse de…

–Déjalo, Owen. Esa historia me aburre. Todo el mundo sabe que has mentido y están esperando que lo admitas de una maldita vez.

–No pienso admitir nada.

–Como quieras, me da lo mismo –Mac miró a Olivia–. Estás muy guapa esta noche.

–Gracias.

–¿Lo estás pasando bien?

–No.

Owen tomó a su hija del brazo.

–Vámonos, Livy.

Pero Olivia no podía dejar de mirar a Mac.

–Está bien.

–¿Está bien? –repitió él, confuso.

–Si tienes que hacerlo, hazlo.

–¿De qué estás hablando?

Ella sonrió con cierta tristeza.

–De la gran venganza. De lo que habías planeado.

–Oh, Liv… –Mac sacudió la cabeza. No lo entendía. Seguía pensando que quería vengarse. No entendía que se había ido de Door County furioso como hombre, no como ejecutivo.

–¿Qué le has hecho a mi hija? –le espetó Owen.

–Papá, ya está bien.

Pero Owen Winston no estaba escuchando.

–Si le haces daño…

–Lo digo en serio, papá. Ya has causado demasiados problemas. Una palabra más sobre Mac y me enfado contigo para siempre. ¿Me entiendes?

Su padre la miró, perplejo.

–Livy…

Mac, de repente, sintió un deseo que no había sentido nunca. Un deseo que no tenía nada que ver con el sexo y que lo pilló completamente por sorpresa. Nervioso, tomó la mano de Olivia para besarla.

–Tienes una hija maravillosa, Winston. Preciosa y brillante. He intentado hacerla pagar por tus errores, pero ella no quiere saber nada de mí.

Luego soltó su mano. La venganza era algo absurdo. Se había terminado. De modo que le dio las buenas noches a Olivia y desapareció.

Capítulo Diecinueve

La fiesta no debía terminar hasta medianoche, pero Olivia no podía quedarse ni un segundo más. Después de pedirle a Tess que controlase la cocina, tomó su abrigo y se dirigió al ascensor. Pero cuando las puertas estaban a punto de cerrarse, entró su padre.

–Papá, ya te he dado las buenas noches –suspiró. Sabía que no estaba portándose del todo bien, pero le daba igual. Tenía algo importante que hacer y ninguna interrupción era bienvenida.

–Cariño, sólo quería decirte que estoy orgulloso de ti.

–¿Por qué? –preguntó ella, impaciente.

–Por mantener alejado a ese canalla...

Olivia alargó la mano y pulsó el botón de emergencia. El ascensor se detuvo de golpe y su padre la miró como si estuviera loca.

–¿Qué pasa?

–Te quiero mucho, papá, pero no pienso soportar esto ni un minuto más. A ver si lo entiendes, yo no soy la tía Grace...

–¿Qué?

–No soy tu hermana, no soy Grace. Soy una mujer adulta que no va a estar pendiente de los miedos de su padre durante toda la vida.

–Olivia…

–Mi vida personal es mía y punto –Owen Winston tenía un aspecto impresionante con su esmoquin, pero a ella no le asustaba–. Y ahora, sobre Mac Valentine. Vas a dejarlo en paz, papá. Estoy enamorada de él y, si los dos podemos olvidar cómo nos conocimos, creo que puede haber un futuro para nosotros.

Su padre la miró, horrorizado.

–No…

–¿Qué tienes contra él además de que quiera castigarte por mentir a sus clientes?

Por un momento, pareció que Owen iba a negarlo. Luego bajó la mirada.

–Hacerse mayor no es fácil, hija. La gente te trata como si fueras a romperte, como si ya no supieras lo que haces… creen que tu cabeza ya no es lo que era.

Olivia tocó su brazo. Quería a su padre, con todos sus defectos.

–Haz lo que tengas que hacer, papá. Eres una leyenda en el mundo financiero… todo el mundo lo sabe. Sé eso durante el tiempo que puedas –le dijo, poniéndose de puntillas para darle un beso–. La verdad saldrá a la luz tarde o temprano. No dejes que ese tonto error sea tu legado.

Owen se quedó callado un momento y luego asintió con la cabeza. Y su hija volvió a pulsar el botón del ascensor.

–Tengo que ir a un sitio, papá. Buenas noches.

–Buenas noches, Livy –se despidió él.

Cuando Mac entró en su casa una hora más tarde sintió que aquél no era su sitio. Cada mueble, cada cuadro habían sido elegidos por Olivia. ¿Entonces por qué ella no estaba allí?

–Maldita sea –murmuró. Iba a darse una ducha para ir luego al apartamento de Olivia. Estaba tan harto de luchar por cosas sin importancia... Ahora iba a luchar por algo realmente importante.

–Voy a intentar esto otra vez.

Mac se dio la vuelta, sorprendido. Allí, en su cama, estaba Olivia.

–¿Cómo has entrado?

–Aún tengo la llave. Se te olvidó pedírmela.

Él negó con la cabeza.

–No se me olvidó.

–Mac, sobre lo de esa noche, en casa de los DeBold...

–No.

–Sí –insistió ella–. No debería haberle dicho a mi padre adónde iba, pero no se me ocurrió pensar que tuviera algo que ver contigo. No lo pensé, pero fue un error. Podrías haber perdido a los DeBold como clientes.

–Déjalo –Mac tiró de ella para apretarla contra su pecho–. Me importan un bledo los DeBold. Podría haberte perdido a ti. Desde el principio te puse en una situación imposible. Me comporté como un completo imbécil.

–Tengo que decirte algo. He hablado con mi padre y…

–Cariño, me da igual –lo decía completamente en serio. La intensidad de sus sentimientos por ella le abrumaba–. Todo eso ya me da igual. Lo único que importa eres tú, hacerte feliz, hacerte sonreír, tenerte en mi cama todas las noches y todas las mañanas. Estoy cansado de luchar, de pelear –Mac acarició tiernamente su cara–. Lo único por lo que voy a luchar a partir de ahora es… por nosotros.

Olivia no podía creer lo que estaba oyendo. Aquél no era el implacable magnate sino el hombre generoso y dulce que había esperado que fuera.

–Desde que te vi, mi vida significa algo, Liv –siguió Mac, tomando su cara entre las manos–. Al infierno el dinero. Esto sí es algo bueno. Tú y yo. No sé qué va a pasar, pero si sé una cosa: no pienso dejarte ir.

–Oh, Mac…

–Te quiero, Liv, te quiero tanto que me duele.

–Yo también te quiero –rió Olivia, apretando su frente contra la de él–. Qué idiotas somos. Nuestras intenciones cuando nos conocimos eran tan absurdas...

–Cierto, pero de no ser así nunca nos habríamos encontrado.

–Ni habríamos encontrado una forma de olvidar el pasado.

–Eso es verdad –Mac buscó sus labios–. Cariño,

quédate conmigo. Quiéreme. Quiero hacerte mía para siempre.

Olivia sonrió, su corazón lleno de felicidad.

–Sí.

No podía creer que él estuviera diciendo que la amaba. Era un milagro.

–Voy a casarme contigo.

Ella intentó contener las lágrimas, pero no era capaz.

–Muy bien.

–Vamos a tener niños –sonrió Mac.

–Sí, sí –Olivia le echó los brazos al cuello. De un triste pasado que la había tenido prisionera durante tanto tiempo a un futuro lleno de amor con el hombre de sus sueños. ¿Cómo era posible? Qué afortunada era.

Mac buscó su boca en un beso apasionado, lento, ardiente.

–Te quiero, señora Valentine.

–Suena raro, ¿verdad? –musitó ella, sintiéndose tan vulnerable y, a la vez, tan querida.

Mac negó con la cabeza.

–No, cariño. Suena perfecto.